中华对联宝典

◎ 陈晓晖 编

图书在版编目(CIP)数据

中华对联宝典 / 陈晓晖编. -- 北京：气象出版社，2018.1(2018.12重印)

ISBN 978-7-5029-6491-7

Ⅰ.①中… Ⅱ.①陈… Ⅲ.①对联-基本知识-中国 Ⅳ.①I207.6

中国版本图书馆 CIP 数据核字(2017)第 268157 号

中华对联宝典

Zhonghua Duilian Baodian

出版发行：气象出版社	
地　　址：北京市海淀区中关村南大街 46 号	邮政编码：100081
电　　话：010-68407112(总编室)　010-68408042(发行部)	
网　　址：http://www.qxcbs.com	E-mail：qxcbs@cma.gov.cn
责任编辑：殷　淼	终　审：张　斌
责任校对：王丽梅	责任技编：赵相宁
封面设计：符　赋	
印　　刷：三河市君旺印务有限公司	
开　　本：710 mm×1000 mm　1/16	印　张：14
字　　数：230 千字	
版　　次：2018 年 1 月第 1 版	印　次：2018 年 12 月第 3 次印刷
定　　价：28.00 元	

本书如存在文字不清、漏印以及缺页、倒页、脱页等，请与本社发行部联系调换

前　言

　　如果要问中国传承数千年的古典文化中,哪一种传播得最为普遍,那自然要说是"对联"。

　　对联是丰富多彩的。它可阳春白雪,也可下里巴人;可抒情志趣,也可戏谑嘲笑;可上庙堂议论国事,也可下村野谈说风月;可为稚童启蒙,也可为文人创作;可闭门为两三好友欣赏,也可张挂供路人诵读;可为年节增添喜气,也可为店铺带旺人气;可是简单的两字四字,也可是复杂的十句百句……对联的灵巧多样,使得它的受众一直非常广泛,读者数以亿计,佳作名作更是浩繁如恒河之沙。

　　从历史上第一副春联——五代后蜀国国君孟昶的"新年纳余庆,嘉节号长春"算起,对联正式成为一种有实际功用的文学形式,迄今已一千余年。千年来,妙笔生花的诗人写出过"轻风扶细柳,淡月失梅花"(宋代苏轼),忠直大臣写出过"铁肩担道义,辣手著文章"(明代杨继盛),革命家写出过"一朝马革裹尸日,绝胜牛衣对泣时"(晚清谭嗣同),佛教高僧写出过"心到虔时佛有眼,运至亨通石能言"(民国弘一法师),豆腐店有联"请君跳过鱼儿碗,看我搬成肉价钱",裁缝店有联"人受冻寒非我愿,世被温暖是予心",戏园子有联"乾坤一戏场,且看戏中之戏;俯仰皆身鉴,莫言身外有身",如此等等,正是雅俗皆有韵,众手写对联。精致对仗的联语,纵有千变万化,不过区区两行,便道尽了人间情事。

　　然而,今天的中国人,有意无意间逐渐疏离了这份珍贵的文学遗产,城市化进程加快,林立的高楼大厦,家宅门前,店铺门前,均已难觅对联的踪影。这也许是历史发展的必然，不可挽回，却依然留给我们一种遗憾。

为了弥补这种遗憾，我们有必要回首重拾这传统文学的瑰宝，尽管它可能不再适合贴在西式洋楼的门旁，现代化气息十足的写字楼、豪华商场也没有了它的容身之处，但至少在中国人的心中，这源自千年之前古老诗歌的智慧与典雅将留存下去，留给子孙后代，让他们也能赏鉴回味，为鲜活灿烂的民族文化而骄傲。

编　者
2017 年 6 月 29 日

目 录 Contents

前言

一 **对联文化** /1

    对联的概念 /1

    对联的历史 /1

    对联的基本形式 /3

    对联的用途 /4

二 **对联技巧** /8

    对联创作规则 /8

    对联(对仗)术语 /9

    对联的常用修辞方法 /12

    对联的具体使用方法 /15

三 **名联欣赏** /19

    名著联 /19

    名胜联 /26

    民俗联 /30

    名人联 /35

四 **对联故事** /38

    县官一联巧息讼 /38

    纪晓岚妙对讽损友 /39

    抬杠抬到阎王殿 /39

    儒师笑解拱手联 /40

小神童智对明景帝 /41

蜀中才子趣对知府 /41

捡来对联能当宝 /42

状元郎撰联示爱 /43

吹牛门联笑倒人 /43

前生后世一联连 /44

五 实用对联集锦 /45

1. 节日联 /45

2. 住宅用联 /128

3. 庆典联 /142

4. 挽联 /192

一　对联文化

对联的概念

对联,是一种中国特有的文学表现形式,它最基本的结构是由上、下两个句子组成,最基本的要求是这两个句子的字数必须一致,这两个句子被称为"上联"和"下联"。

之所以说对联是中国特有的,是因为对联的基础是汉字。汉字和拼音文字不同,它是单音节的象形表意文字,也就是说,每一个汉字,都可以独立地表达一个意思,而且每个字的字形、写出来的大小长短可以做到完全相同,所以用汉字写成的句子,只要能做到字数一致,就同时能做到长度一致。

在这个前提下,无论是文体形式上还是载体形式上都能做到左右对称丝毫不差的对联,才可能被创制出来。

对联的历史

对联还有一些别名,如"楹联""对子",因为它最常见的用途是每年春节期间以旧换新贴在大门两边,所以说到"春联",有时候也指一般的对联。

关于对联的历史起源,多认为其起源于古典诗词歌赋中的对偶句。我国的诗歌从南北朝时期开始,进入了一个对声律美的要求越来越高的阶段,到了唐朝,便产生了格律诗。格律诗之前的诗歌叫作"古诗",格律诗则叫作"近体诗"。我们非常熟悉的唐诗就是格律诗,也就是近体诗。

格律诗包括绝句、五言律诗和七言律诗。这里的"五言"和"七言"指每句诗的字数，绝句是四句诗，律诗是八句诗，这都是不允许打破的规矩。

绝句和律诗对格律的要求很严格，全诗字数要统一，平仄有规则，并且诗句中必须有一定数量的对偶句。所以对偶句在律诗中极其常见。它的形式也是分上、下两个句子，上句和下句的字数、结构必须一致，意思则要么相近，要么相反。律诗的开头两句和结尾两句，承担的是全篇结构上的开合作用，所以对仗可以不必太工整，但第三、四句和第五、六句是要充分地阐发主题，故而要求写成尽善尽美的对偶句。

文辞优雅、音律整齐的对偶句往往是一首诗歌的精华部分，因此早在唐代时，文人们就有了将诗歌中的对偶佳句摘抄出来挂在房屋各处以资欣赏玩味的习惯。这便是对联产生的契机。特别值得注意的是，律诗的八句诗句，两两成对，每对都有自己专属的名字。第一、二句名为"首联"，第三、四句名为"颔联"，第五、六句名为"颈联"，第七、八句名为"尾联"，从这样的命名上，也能看出律诗的诗句与对联之间的渊源关系。

律诗中的对偶句脱离诗词整体，独立成为"对联"，是在紧接着唐代的五代时期。当时的后蜀国主孟昶写了历史上第一副知名的对联："新年纳余庆，嘉节号长春。"

当然，写对联不仅仅是文人墨客的雅兴节目，它也是民间的一种风俗事物。

古代每到大年初一，无论官民，人们都会在家宅大门两边张贴或者挂上一种叫作"桃符"的东西。北宋王安石的《元日》诗中说："爆竹声中一岁除，春风送暖入屠苏。千门万户曈曈日，总把新桃换旧符。"这里面所说的"新桃""旧符"，便是指桃符。

桃符最早是一种用桃木制成的木牌，分为两块，各挂于门两边，上面画有门神神荼、郁垒的画像，后来为了省事，也会直接写上这两个门神的名字。古人认为桃木是驱鬼驱邪的，神荼、郁垒是守卫鬼门，禁止鬼进入人间世界的神,因此年关时挂桃符,就是一种驱邪求吉的民俗手段。这种在家门两边张挂东西的方式,是对联的物质形式的起源。

当对偶句与桃符结合起来时,便产生了我们今天所说的对联。前面说的孟昶的那副对联"新年纳余庆,嘉节号长春",就是过年的时候写在桃符上的。孟昶本人以文采著称,他让朝廷的学士专门为他的内室宫门写题于桃符之上的"辞",但对学士们写的都不满意,最后就自撰了两句。这个事情也从侧面说明了,在两块桃符板上写对偶的文字张挂在大门两边,在当时已经是一种比较习惯的做法。

说来有趣,后蜀国亡于赵匡胤之手,赵匡胤建立宋朝后,按照封建王朝的惯例,他的诞辰变成了一个法定的国家节日,节日的名字就叫"长春节",而赵匡胤派往后蜀故地担任地方官的人,名叫"吕余庆"。所以人们传说,孟昶写的那副对联,看似喜气盈盈,其实是一个预言了他的国家灭亡的谶语。

后世门神画像都用纸质的年画,桃符板这种东西不太常见了,但桃符这个词还在,成了春联的别称。

对联的基本形式

对联是由两个相对称的句子组成的,这两个句子,一为上联,也叫"出边""出句",一为下联,也叫"对边""对句",从这个叫法也能看出,通常对联是有写作顺序的,多为先有上联,再根据上联对出下联。当然,有的时候,也可能先有下联,再倒对出上联。

对联除上下联外,有时会带有一个四字的横额,名为"横批"。横批的用字不能与上下联重复,内容必须与上下联相关,或者切中主题,或者引申深意,言简意赅,画龙点睛。

对联的用途

文学性的用途

只要是符合对联基本规范的对联,都是有一定文学性的,这是对联从源头,即诗词歌赋的对偶句那里带来的一个特征。但对联的文学性用途,主要指的是对联因其文学上的审美价值而具有的欣赏用途。在这方面,较为典型的是格言联、名胜联以及穿插在文艺作品中的文艺联。

格言联,顾名思义,以讲述人生哲理为主要内容,在一副只有两句话的对联里,须包含深邃的道理,发人深省,催人警醒,促人奋进。如出自古代儿童启蒙教材《古今贤文》的"书山有路勤为径;学海无涯苦作舟",不但是人们耳熟能详的格言,而且是一副工整的对联。还有,明末的著名将领袁崇焕曾写过一副对联"心术不可得罪于天地;言行要留好样与儿孙",也是能够给予人们思想启迪的自撰格言联。

我国古代官员大都是科举出身,自幼寒窗苦读,人人能诗善赋,他们在各自的官位上,也会自创许多与为官之道有关的格言联。清代曾任贵州巡抚的颜检写有一联"两袖入清风,静忆此生宦况;一庭来好月,朗同吾辈心期";嘉庆皇帝的老师朱珪在浙江督查科举考试时,因原籍在此,为了防止亲友们上门说项,便在住处的门上贴了一副对联"铁面无私,凡涉科场,亲戚年家须谅我;镜心普照,但凭文字,平奇浓淡不冤渠"。福建巡抚张兰渚也撰有一副对联"戒之在斗,戒之在色,戒之在得;职思其居,职思其外,职思其忧",自我告诫,不要陷入明争暗斗、口角纠缠,不能好色贪财,应尽职尽责,尽为官之本分。乾隆年间任湖南督学的姚颐在任上写过一联"亏他人便亏自己,须记朝齑暮盐,我亦寒士;要公道还要虚心,试看畹兰亩蕙,楚故有材",提醒自己勿忘当年读书的贫寒经历,对学子们将心比心,并做到公正谦虚,多多提携人才。

名胜联多为称颂美丽的风景,介绍悠久的历史,在优美文字中,还能让人们读到丰富的文史知识。湖南长沙贾谊祠有一副集句联(即将已有的诗词或对联中的句子摘取来,组成新的对联):"长沙不久留才子;宣室求贤访逐臣。"即用对联的形式,简单叙述了西汉名士贾谊的遭遇。江苏南京清凉山寺有清人薛时雨所题"四百八十寺过眼成墟,幸岚影江光,犹有天然好图画;三万六千场回头是梦,问善男信女,可知此地最风凉"一联,其中的"四百八十寺",出自唐代诗人杜牧的《江南春》"南朝四百八十寺,多少楼台烟雨中",意指南京这个城市作为六朝古都繁华一现的历史;"三万六千场",出自宋代诗人苏轼《满庭芳·蜗角虚名》"百年里,浑教是醉,三万六千场",意为"人生百年,即使每天都喝醉,也不过醉三万六千场",形容短暂的人生。

文艺联常见于古典小说、戏曲中。或是以作者的视角,描写故事背景,描摹人物外貌性格,推动情节发展;或是以文中角色的视角,多为了体现角色的才华。如《红楼梦》中智通寺的门联"身后有余忘缩手;眼前无路想回头"即为前者,不但是对智通寺这个故事发生的环境做了细致的描写,同时也点出了整部书"盛极而衰,循环报应"的主旨。而贾雨村所撰的"玉在匣中求善价;钗于奁内待时飞"一联属于后者,它精确地表现出了这个人物热衷功名、野心勃勃的投机者性格。

实用性的用途

对联的实用性用途分为民俗类用途、社交类用途和装饰类用途,这些种类之间并非泾渭分明,其中也不乏交叉。

民俗类用途,包括岁时节日联、寿联、婚联、挽联等。其中,岁时节日联以春节所用的春联最多。而且春联都是一贴一整年,到了年关,家家户户必要将家中各处贴了一年的旧春联除去,再换上腊月里就准备好的新春联。所以,春联是一项重要的传统年货,也是一种祈福求吉的吉祥事物。

也正因为具有祈吉的"功能",所以一般来说,春联是红色的。但在一些特殊的风俗下,春联也不是一定是红色的,如家中有丧事,当年、第二年、第三年都不能贴红对联。福建莆田地区的春联,虽然是红色的,但有个"白联头",即红纸顶端有一道白色。这是清代留存下来的习俗。

据说清朝初年,清兵打到莆田时,因当地民众反抗,杀了很多人。很多人家都有重丧,门口去年贴的红色春联,也都被白纸盖住了。到了这一年除夕,官府逼迫家家户户贴红色春联以粉饰太平,人们敢怒不敢言,便故意把红春联往下贴一点,顶上露出几寸白纸。渐渐地,这成了莆田一个独特的春联民俗。

寿联、婚联和挽联都是中国人的人生仪式上的必备之物。这些对联,可以自备,也可以相赠,寿联祝健康长寿,婚联祝百年好合,挽联致敬逝者表达悲悼,都是十分庄重的礼仪。如果是赠联,那么它也就同时具有社交用途了。

社交类用途,主要是应制联、题赠联和为他人所写的贺联、挽联。

应制联有狭义、广义之分。狭义的应制联指的是大臣根据皇帝定下的主题撰写的对联。这种应制联,有的是为了在宫殿各处张挂而作,有的是为皇帝或太后寿诞而作,有的是为纪念重大国事、宫廷庆典而作。因为是臣子献给皇帝的,往往用词浮夸谄媚,有失文字的从容典雅。清末同治帝大婚时,善于撰联的官员王堃所写的"太极生两仪,撰合阴阳,乾天父兮坤地母;和亲隆九陛,礼成渭浥,后月姊而君日兄",就是典型的应制联。而广义的应制联指的是普通人写的命题对联,这种应制联多属于文人酬唱活动的一种,常见文辞优美的佳作。

题赠联又分自题和题赠两类。自题联常用以表明撰联者本人的志趣和人生追求。题赠联则一般是赞美、鼓励、鞭策对方或表达对对方的深情厚谊的。带有负面感情色彩的讽刺、嘲骂的对联,即使是写明针对或送达某人,也不好算作是题赠联。

无论是自题联还是题赠联,虽有限定对象,但如果写得很好,或有其他值得借来一用的原因,别人也是可以用的。清代雍正皇帝曾赐给他的宠臣张廷玉一副对联:"天恩春浩荡;文治日光华。"因为是皇帝赠送的,京城许多官员都想沾光,便在过年时贴在自家门上,后来又传播到了京外,渐渐成了一副城乡常用的春联,很多人都不知道它原本的来历了。

向他人表达祝贺和吊唁所写的贺联、挽联,同时也是礼仪社交联。前面说的结婚、做寿,都可以送贺联,另外,添丁进口、学业有成、乔迁新居、企业创始、会议召开等,也都是送贺联的事由。贺联最重要的是因事而贺,对不同的喜事有不同的贺法,不同的用语,不能混着用。

挽联最早出现在北宋,当时有为去世的人写挽诗、挽词的习惯,诗词中自然会有对偶句出现,吊唁逝者的诗词中的对偶句,也便具有了挽联的雏形。后来,也许是人们发现直接用一个对偶句来表达哀悼显得更加直接有力,所以就有了单独成立的挽联。

北宋的王安石曾为同朝为相的韩琦写过一副挽联:"木稼曾闻达官怕;山颓今见哲人萎。"这个写法,直到今天仍在为挽联的撰写所用。

装饰类对联的用途,则多用于居室、屋宅、商铺、亭台楼榭、寺观祠堂等,古代的桥梁、戏台、官署衙门、现代的名人纪念馆等地,也都会张贴或悬挂对联。特别是桥梁、戏台和官衙,这些都是非常具有中国传统文化特色的古建筑,这几处的对联,必定与建筑本身的性质有直接联系。如浙江仁和县县衙的门联:"四野桑麻,不羡河阳花作县;一时冰雪,偏教寒谷黍知春。"古时候农桑事务是地方政府最主要的工作,县官最关心的就是本地稼穑之事,这副门联就体现了这一点。清代翰林院的办公处有对联:"仪凤祥麟游集盛;金书玉字职司勤。"上联拍皇帝的马屁,下联表自己的职能。北京某戏台曾有一副楹联:"凡事莫当前,看戏何如听戏好;为人须顾后,上台终有下台时。"一方面指出戏曲之妙重在声乐,而不在耳目之娱,另一方面也兼有人生箴言的色彩。

装饰对联被张挂的位置,往往在建筑物最前面的两根柱子上,这种柱子,在传统建筑中被称为"楹柱",贴或挂在楹柱上的对联,就被叫作"楹联"。我们时常能听到"楹联""楹帖"这样的叫法,指的就是这种对联。著名建筑所用的装饰对联,往往也是流传很广的名胜联。

装饰对联材质多样,有乌木为底写金字或银字的,多挂在室外,经得起风吹日晒,颇有不少数百年仍存于世;也有用色彩各异的工艺纸张书写的,多贴在室内,供平时吟咏赏玩。

因为汉字本身就有书法艺术,对联又自然地具有对称美,同时对联的词句也有文学之美,所以对联非常适用来做建筑内外的装饰物。选择什么样的对联,包括选择对联的载体,都显示着房屋主人的品位和修养。

一 对联文化

7

二　对联技巧

对联创作规则

对联之所以名为"对联",是因为它的上下联之间必须存在对称的关系。也就是说,除了字数一致之外,上下联在同一个位置上所使用的词,首先其词性要一样,实词对实词,虚词对虚词。所谓实词,指的是有具体意义的词,包括名词、动词、形容词、数词、量词和代词。虚词,指的是仅具有语法上的作用的工具词,包括副词、介词、连词、助词、感叹词和象声词。如果是词组或短语,那么就要求结构也要相同,比如,成语要对成语,主谓结构的短语也要对上主谓结构的短语。

第二点是,上下联同一位置上的词,要有能够对应的意义,要么是近义词,要么是反义词。最起码,两个词所表达的意思要属于同一个领域。如日对月,两者同为天文事物;雨对风,两者同为气象事物;男女、上下、天地、山水等,也都是如此。

对联的上下联还需存在互为对应的平仄关系。平仄,是汉语音律上的一个说法。汉语发音分为四声:平、上、去、入,平指平声,仄指其他三声,现代汉语普通话的声调,阴平(ˉ)、阳平(ˊ)为平声,上声(ˇ)和去声(ˋ)为仄声。

汉语的韵文,即诗词歌赋,其音律之美大部分来自句中的字在平仄上的交替使用。对联实际上也是诗歌的一种,上下联也同样具有音律美,写作时需要遵循同一句中平仄交替以及上下句之间平仄相对的规则。

根据这个规则,当我们只能看到一副对联中的一句时,判断它是上联还是下联最简单的方法,就是看最后一字的平仄,上联尾字为仄声,下联尾字为平声。

对联的上、下两联因为具有以上这些对称规范,所以很容易成为编笑话的材料。如果将上联逐字对上词性相同、内容相近或相反、平仄相对的字,那么下联完成的时候,很可能非常滑稽可笑。相声大师侯宝林有一个段子就是关于对对联的,其中说道,"人生七十古来稀"这句话,严格地按照对联规则一字一字地对上去,得出的下联是"鬼死三千今去密",这个包袱抖开,总是惹得观众们哄堂大笑,因为这个下联实在是毫无意义。

清朝大才子纪晓岚善于对对子,有一天,他和大学士陆耳山聊天,陆耳山说道:"刚才我在四眼井饮马,'四眼井'可对什么?"纪晓岚笑着说:"用你名字就能对了。"两人大笑。原来,陆即"六"的大写,四眼井对六耳山,作为对句来说,字与字之间对得是非常工整的。但因陆耳山整体不是地名,是个人名,所以对出来的结果变成井对人,风马牛不相及,所以十分好笑。

这些笑话也引出对联的又一个规矩,即上下联不仅要求对称,而且要求有内容、有意义地对称,否则,就成了"无情对",只是戏谑之作而已。

对联(对仗)术语

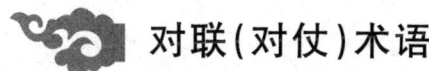

工 对

工对指工整的对仗,也叫"严对"。在满足了基本的平仄和谐、字数相等的要求的同时,上、下两句还需句型一样,同一处位置上的词,词性相同、义类一致,这样的对仗才能叫作工对。

宽 对

宽对指没有达到工对的标准,上、下两句仅仅字数一样,句型一样的对仗。

自　对

　　自对指对仗的两句的内部也具有可形成对偶关系的词、词组或分句。在自对的对联中,上下联的对仗可以不拘词性,但自对词的词性必须相同。比如,王维的《汉江临泛》一诗中有"江流天地外,山色有无中"一句,上句的"天""地"自对,下句的"有""无"自对,同时"天地""有无"对仗。虽然天、地是名词,有、无是动词,本不能成为工对,但因其自对工整,全联也可算作工对了。自对还有一个特点,就是允许同字对,即如果在一句中使用了叠词,就是自对。如杜甫《登高》"无边落木萧萧下,不尽长江滚滚来","萧萧""滚滚"都是句中自对。自对分狭义、广义两种,狭义的自对仅能以并列结构的两个词自对,不能用带有句子结构的短语,因为这样形成自对的词,词性必然不同,但广义的自对可以用句子结构的短语,乃至句子,这种自对又叫作"当句对"。

平　对

　　平对指对仗的字词很平常,没有出人意料之处。如天对地,雨对风,青山对绿水,这都是最容易想到、最平淡无奇的对仗。

同　对

　　同对指对仗的字词属于同一类,如大对广,轻对薄,星对月。方位词、颜色词、象声词互为对仗时,都是同对。如果对仗的字词不属同类,如天对山,鸟对花,风对树,那就叫"异类对"。

失　对

　　失对指在律诗的写作中,未遵照平仄声调使用规则,导致上、下两句平仄对不上的情形,在对联中也会经常出现。这种情形并不能一律视为错误,有时候是写作者出于某种目的而有意为之。

正 对

正对指对联的上下联意思相近,如常用寿联"福如东海;寿比南山"就是正对。

反 对

反对指对联的上下联意思相反,像"谦受益;满招损"这样的对偶句,就是反对。

串 对

串对指对联的上下联是顺下来表达一个意思的,如有一副旧时官场上的对联"办事人多能事少;爱民心易治民难"即为串对,对联说的是"身居官位者,找到办事的人不难,找到能干的人很难;有爱百姓的愿望不难,把百姓治理好很难",上下联组成了一个完整的意思。

借音对

借音对指上联或下联中的某字是多音字,有平、仄两种读法,按照对联的本义来说正确的那个音调平仄对不上,便借另一个读法来满足平仄上的要求。这种做法很少见。清代张之洞曾为自己的下属邹代钧的母亲写过一副寿联:"儿似北朝郦善长;寿齐南岳魏夫人。"邹代钧是一位地理学家,张之洞将他比作南北朝时期北魏的地理学家郦道元,是很合适的,但郦道元的字"善长"的"长"念"cháng",是平声,不符合上联尾字应为仄声字的规则,所以这副寿联里的这个"长"字要念它的另一个读音"zhǎng"。

借义对

借音利用的是多音字,借义利用的则是多义字。借义指的是一个字或一个词有多种义项,在对联的句子里,能够形成工整对仗的是一个义项,而能让整个句子逻辑顺畅的却是另一个义项,所以能对仗的那个

义项是被"借"来对仗的。如"南通州,北通州,南北通州通南北;东当铺,西当铺,东西当铺当东西"这个对联中,下联"当东西"的"东西"一词,就属于借义,它在下联句中的合理意思应该是"物件",但能够与上联的"南北"一词形成对仗关系的,却是它的"东方和西方"这个意思。

借音对和借义对都属于对联(对偶)中的"借对"。它们也叫"偶然对",因为多音、多义这样的现象在字词中并不是普遍的,只是偶然巧合。

假　对

假对是从借音对再辗转延伸而来的一种对仗方式。就是说,仅仅是字词发音近似,便被借来的对仗,因其实际上并不对仗,只是假装对仗而已,故名"假对"。如"不献胸中策,空归海上山"一联,"策"与"山"并不能对仗,但这里借用的是策的近音字"泽",这就可以跟"山"对仗了。

无情对

无情对指上下联完全依据所使用的词语的词性、义类和平仄一个字一个字对上,最终形成一副无比工整却毫无意义的对联。著名的无情对有"三星白兰地;五月黄梅天""鸡冠花未放;狗尾叶先生""公门桃李争荣日;法国荷兰比利时"等。这些对联的特点就是从对联的规则上说无懈可击,但最终的效果却令人喷饭。

对联的常用修辞方法

对联的修辞手法很多,一般我们在作文学性的描写、叙述时会用到的修辞手法,比如比喻、拟人、借代、夸张、排比、叠字、设问、用典等,对联也都会用到。

曹雪芹在《红楼梦》中所撰的对联,"前门绿柳垂金锁;后户青山列锦屏",用的是比喻手法,将透过柳荫的夕阳比喻为黄金之锁,将青翠的山峦比喻为锦绣屏风,"金门玉户神仙府;桂殿兰宫妃子家"用的是夸张手法,将荣国府夸张为仙人洞府和宫廷殿堂。

古人认为写了字的纸很神圣,不能随意丢弃,因此在公共场所建有"字纸炉",专供焚化字纸。有一副贴在字纸炉上的对联"偶来付丙者;便是识丁人",用的便是借代手法。丙、丁都是天干,丙的五行属性为火,所以这里用丙来指代火。所谓识丁人,化自成语"目不识丁",所以这副对联的意思是:"到这里来用火的,都是识字的读书人。"

山东日照天后祠因有一座观音像面朝北方,与其他地方的观音像相反,人称"倒坐观音",故有一联"问观音为何倒坐?恨众生不肯回头",用的是设问手法。

也有一些修辞手法,在其他文学形式中并不很常见,但写对联时则比较常用。这些修辞手法包括回文、隐字、嵌字、拆字、顶真、列锦、双关等。

回文,指的是相同的词或句子,上下文互为颠倒使用,形成回环往复的奇妙效果。传说乾隆皇帝有一次微服出宫,到一个叫天然居的饭馆吃饭,回宫后便给大臣们出了一个上联"客上天然居,居然天上客",让大家来对下联,最后是纪晓岚对了一个"人过大佛寺,寺佛大过人"。这副对联就是一副运用了回文修辞手法的回文联。

隐字,即将一个句子中的某一个字隐去,借以表达某种隐晦的不宜直露的意思。对联用这个修辞手法时,上下联都要隐字,并且所隐字的位置必须是相同的。有一副很有名的讽刺联"一二三四五六七;孝悌忠信礼义廉",表面上看,下联是赞颂之意,但实际上,上下联的尾字均被隐去,上联隐字为"八",下联隐字为"耻",这副对联真实的意思就是"王(忘)八,无耻"。

嵌字,指将某些特定的字嵌在上下联中,这一般出现在名胜古迹的楹联或人际交往的赠联中,有时候也仅仅是为了体现文思巧妙。清代书法家周寅有个姓马的女婿,他很满意,还有个爱妾,名叫双鱼,他写了一副对联,把女婿和爱妾的姓名嵌了进去,联曰:"半子可人为匹马;一生知己是双鱼。"他还把这副对联写下来挂在房间里,传为趣谈。

清末民初的学者章太炎与另一位名士康有为极为不睦，章曾针对康写了一副对联"国之将亡必有；老而不死是为"这副对联首先是在末尾嵌入了康有为的名字，是一副嵌字联，同时，它还是一副隐字联，上联取自《礼记》"国之将亡，必有妖孽"，下联取自《论语》"老而不死是为贼"，所以暗含着骂康有为是"妖孽，贼"的意思。

　　拆字和隐字、嵌字一样，都是当有某些特定的字或词，想要用在对联中，但又不能或不想太直白的时候，习惯采取的修辞手法。有时候，它仅仅是一种文字游戏。明代蒋焘，少年有才，据说九岁能通经史，可惜十七岁就去世了。他小时候家中来客人，正好遇上下雨天，客人便出了一个上联考他："冻雨洒窗，东两点西三点。"他看了看桌上切成一片片的西瓜，对道："切瓜分客，横七刀竖八刀。"这就是一副拆字联，上联拆的是"冻""洒"二字，下联拆的是"切""分"二字。

　　但有的时候，在对联中使用拆字手法是有特殊目的的。清代中期的吴省钦曾多次主持科举考试，他是和珅的老师，与和珅关系很深，可以想见其为官也并非两袖清风。有一次，在他主持的乡试中落第的一个秀才将一副对联贴在了考场门口："少目焉能评文学；欠金岂可立功名。""少目"是"省"字的拆字，"欠金"是"钦"字的拆字，这副拆字联揭露的就是吴省钦在考试中徇私舞弊的行为。

　　像这样用到人名的对联，经常使用拆字手法，骂人的对联会用，贺喜的对联也会用。古时候曾有一对夫妇新婚，丈夫姓潘，妻子姓何，有人赠了他们一副婚联："有水有田兼有米；添人添口又添丁。"这字便拆得精妙，既暗含了夫妻两人的姓氏，又充分地表达了对这桩婚事的祝福。

　　顶真，指后一句的开头与前一句的结尾相同，也叫"联珠"。在很多寺庙的弥勒殿前，都有这样的一副对联："大肚能容，容天下难容之事；开口便笑，笑世间可笑之人。"用的就是顶真手法。顶真能使句意产生起伏连绵的感觉，是一种隽永优美的修辞方法。

　　列锦，即单纯地罗列名词或名词性的短语，形成句子，达到一种强烈的表达效果。明代顾炎武题东林书院联很有名："风声雨声读书声，声声入耳；家事国事天下事，事事关心。"就用了列锦手法。列锦一般都用在对偶句中,这样的对偶句,在古典诗词中是一种尤其别致并有韵味的文字。如北宋诗人陆游的《书愤五首》之一,其中有一句"楼船夜雪瓜洲渡,铁马秋风大散关",对仗工整,意境幽远,使人回味无穷。单独作为一副对联,也是上佳之对。

双关,指在特定语境下,通过使用多义词或同音词,来营造句子的双重意义。清代著名的对联"宰相合肥天下瘦;司农常熟世间荒"就是双关联。当时(光绪三年,1877年)多地因水灾发生饥荒,故出现了这副语义辛辣的对联。合肥,是地名,同时在古汉语中也有"应该让……变肥"的意思,常熟,亦为地名,同时也有"一直使……成熟丰稔"的意思。上联指出生于安徽合肥的文华阁大学士李鸿章,下联指老家在江苏常熟的户部尚书翁同龢。这两位都是当时主管民生的重要官员,本应让天下人安居乐业,有耕有得,吃饱穿暖,但他们却没有做到。这副对联就是讽刺他们对因灾受苦的老百姓束手无策。清代还有一则双关联,是讽刺一个老童生的。这个老童生已经八十多岁,一直考不上秀才,而且因为年纪太大,四书五经的内容很多都记不清了,别人问他,往往答不上来,于是便有人刻薄地写了一副对联:"行年八秩尚称童,可云寿考;到老五经尤未熟,不愧书生。"这里的"童"和"生",即为双关语,童有童生、儿童两个意思,生则是学生、生疏两个意思。清代学者赵曾望有一个做屠夫的邻居赵善对,此人请他为自己写一副春联贴在肉铺门口。赵曾望想了想,联系到这位邻居的身份,一挥而就:"他日当立地成佛;此中有宰天下才。"这里的"宰"字也是双关用法,字面上可以理解为"主持""主管""主宰",但其实指的是屠夫的职业"屠宰"。

 对联的具体使用方法

书写对联的材料

将一副对联书写出来所需要的材料,一般包括笔墨和纸张。书写对联只能用传统的毛笔和墨汁,硬笔书法不适用于写对联。

对联所用的纸张幅面尺寸会随着对联的篇幅、格式以及书法上的不同风格而发生大小的变化，并没有一定之规。如果是要用来张贴的，那就主要考虑张贴之处的规格尺寸，两者之间应合乎正常的比例。张贴处的面积大，相应的就要贴幅面大的对联，反之亦然。否则，对联贴出来的观感会很滑稽。

对联的用途性质不同，用纸的颜色也不同。春联、喜联、寿联等，多用红纸，或用鲜艳的翠色、黄色纸，考究的还用上"洒金""洒银"的工艺纸。有的会用胶把字写在红纸上，再撒上金银粉，形成耀人眼目的红底金字。印章则用金、红印泥。

挽联必须用白纸，印章用蓝印泥。不过这里有个例外，就是清朝宫廷、贵族家宅里的春联，都是白色底子，镶红边、蓝边。这是满族喜白厌红的特殊习俗使然。

另外，如果家中有丧，那么当年的春节，贴的春联也不能用红纸，具体用什么颜色，要根据各地不同的风俗习惯。有的地方用白纸，有的地方用蓝纸，还有的地方用黄色、绿色或紫色的纸。第二年同样不能用红色，但有些地方就可以用接近红色的粉色了。一般要到三年之后，才能恢复贴普通的红色春联。

除了颜色之外，守孝人家的春联，也和平常人家不一样，不能写喜庆的内容，而是要写一些追思先人的字句，如"守孝不知红日近；思亲常望白云飞"之类。

带有装饰性的日常对联，用白色、本色或有色的宣纸，印章用红印泥，而且会像其他书画作品那样装裱起来。

有的对联是用刻刀镌刻在竹木或砖石上的。也有其他的工艺手法，如以云母石、象牙、玉石等制作字体，镶嵌在竹木上，这种呈现的方式，通常需要请专门的工匠来实现，是一种民族风格建筑的装饰性元素。

书写格式

对联如果要用书法写出来，那么一定是竖着写。除了正文之外，一个完整的对联书法作品还包括署名、题款,统称为"款"。款的内容主要是讲述为什么撰写或书写这副对联,联语出处为何,此联要赠予何许人,书写的时间、地点、作者或书写者姓名等。

有的对联分上款和下款(接受赠联者为上款,书写赠联者为下款),这称为"双款",如果没有接受赠联者,就只在下联落一个款,署上作者的名字和书写的时间地点,这称为"单款"。款的长短没有规则,随作者心意以及纸面所余空白的大小而定。

对联有常式、琴式、龙门式三种主要书写格式。

常式适用于上下联分别用一行字即能写完、行距合宜、不疏不密的对联,如果有款,那么上款落在上联正文的右边偏上方,下款落在下联正文的左边(位置不一定偏下,可以在中间)。有时也可以不写上款,只写下款。另外,上款偶尔也有写在上联正文左边的。如果一副对联正文虽然不多,但款很长,一条条幅写不下,可以分行写,上联正文左、右两边都写满之后,直接转到下联的左、右两边,不受条幅分离的影响。

琴式适用于字数比较少,如果占满整行则字距过疏不好看的对联,对联正文集中写在纸面的上端部分,留出下部较多的空白用来写款。因这种书写格式形似古琴,故而得名。

龙门式适用于字数很多,需要折行写的对联。上下联的形式完全对称,上联正文从右到左,下联正文从左到右,上下款各自写在空白处,文字方向同样也是对称的。这样写出来的对联看起来很像一个"門"字形。

书写对联时,注意不能加标点符号。虽然我国的书法艺术博大精深,但书写对联的字体,如果仅仅用于普通的节庆应景和人际交往,最好不要太难辨识,不宜用草书、篆书等。

横批传统上是从右往左写,现在也可以从左往右写,并不强求。

张贴方法

对联有两种张贴方法。

一种是上下联分开贴在墙上或门框两边的"条幅式"。这种对联的

纸张，相当于将一张全开的宣纸对半裁开。一般来说，四尺全开（138cm×69cm）的宣纸对裁成两条（长度仍为138cm，宽度为34.5cm），这种尺寸就大致符合我国传统房屋大门的高度了。如果需要更长更宽的条幅，则可以将五尺到一丈八尺的全开宣纸对半裁开。

分成两个条幅的对联张贴时，要注意正确区分左右，上联在右边，下联在左边。春联、寿联、婚联等所配的横批，贴在门的正上方。

另一种是不将上下联裁开，而是作为一整幅书法作品贴在室内墙壁上的"中堂式"。中堂的形式其实就是一种比较宽的条幅，多悬挂张贴于堂屋正中墙面，因此得名，以三尺或四尺最常见，也有五尺、六尺、八尺等更大的尺寸。

三　名联欣赏

 名著联

《红楼梦》

绿蜡春犹卷　　　寒塘渡鹤影　　　绿窗日月在
红妆夜未眠　　　冷月葬花魂　　　青史古人空

芳情只自遣　　　空帐悬文凤　　　无风仍脉脉
雅趣向谁言　　　闲屏掩彩鸳　　　不雨亦潇潇

窗隔疏灯描远近　　　　偷来梨蕊三分白
篱筛破月锁玲珑　　　　借得梅花一缕魂

淡极始知花更艳　　　　闲庭曲槛无余雪
愁多焉得玉无痕　　　　流水空山有落霞

好知运败金无彩　　　　一片砧敲千里白
堪叹时乖玉不光　　　　半轮鸡唱五更残

聚叶淡成千点墨　　　　盈盈烛泪因谁泣
攒花染出几痕霜　　　　点点花愁为我嗔

世事洞明皆学问　　　　　　座上珠玑昭日月
人情练达即文章　　　　　　堂前黼(fǔ)黻(fú)焕烟霞

喜笑悲哀都是假　　　　　　不离不弃,芳龄永继
贪求思慕总因痴　　　　　　莫失莫忘,仙寿恒昌

新涨绿添浣葛处　　　　　　功名贯天,百代仰蒸尝之盛
好云香护采芹人　　　　　　肝脑涂地,兆姓赖保育之恩

勋业有光昭日月　　　　　　过去未来,莫谓智贤能打破
功名无间及儿孙　　　　　　前因后果,须知亲近不相逢

玉在椟中求善价　　　　　　厚地高天,堪叹古今情不尽
钗于奁内待时飞　　　　　　痴男怨女,可怜风月债难偿

纵有千年铁门槛　　　　　　天地启宏慈,赤子苍头同感戴
终须一个土馒头　　　　　　古今垂旷典,九州万国被恩荣

《西游记》

低头观落日　　花向春来美　　藤萝悬削壁
引手摘飞星　　松临雨过青　　松柏挺虚谷

殿阁层层锦　　绿柳盈山道　　祥光笼宇宙
窗轩处处通　　奇花满涧渠　　瑞气照山川

馥郁异香蔼　　青松遮胜境　　洋洋光浸月
氤氲瑞气开　　翠柏绕仙居　　浩浩影浮天

野润烟光淡
沙暄日色曛

凤翥鸾翔形缥缈
金花玉萼影浮沉

日影动千条紫艳
瑞气摇万道红霞

满地落红如布锦
遍山发翠似堆茵

怪石乱堆如坐虎
苍松斜挂似飞龙

深壑半悬千岁柏
劈崖斜挂万年藤

朝闻四野香风远
暮听山高画鼓鸣

千株翠竹摇禅榻
万种青松映佛门

声摇夜雨闻幽谷
彩发朝霞晔太空

翠竹共青天斗碧
奇花与丽日争妍

秋波湛湛妖娆态
春争纤纤娇媚姿

霜凋红叶林林瘦
雨熟黄染处处盈

杜鹃啼处春将暮
紫燕呢喃社已终

绕屋有花笼月灿
隔空无树显星芒

玄猿白鹿随隐见
金狮玉象任行藏

野鹤野猿皆啸唳
山鹊山鸦乱飞鸣

三阳转运,满天明媚开图画
万物生辉,遍地芳菲设绣茵

隐隐千条红雾现
飘飘万迭彩霞堆

雨顺风调,愿祝天尊无量法
河清海晏,祈求万岁有余年

千株老柏,带雨半空青冉冉
万节修篁,含烟一壑色苍苍

竹阁有诗,费尽推敲裁白雪
松轩文集,考成珠玉注青编

三 名联欣赏

《三国演义》

身虽归土　　　　忠直言无隐　　　　玉盘堆积青梅满
名不沾尘　　　　廉能志不贪　　　　金罍飘香煮酒浓

报国机谋远　　　匙箸失时知肺腑　　壮志威风千古在
收川气概多　　　风雷吼处动心胸　　英雄气概万夫奇

功业昭千载　　　飞蝗透草摇天影　　纵横舌上鼓风雪
声名播九州　　　骤雨催花射日光　　谈笑胸中焕斗星

烈烈三分将　　　虎豹噬牙山岛静　　犬豕何堪共虎斗
堂堂百战身　　　凤凰坠羽林树空　　鱼虾空自与龙争

英气连霄汉　　　顷刻花开红影乱　　势弱只因多算胜
忠诚贯斗牛　　　片时果结翠阴稠　　兵强却为寡谋亡

赤面秉赤心，骑赤兔追风驰驱时无忘赤帝
青灯观青史，仗青龙偃月隐微处不愧青天

《水浒传》

桂花离海峤　　　醉里乾坤大　　　　拳打南山猛虎
云叶散天衢　　　壶中日月长　　　　脚踢北海苍龙

暮烟横远岫　　　朝看云到山顶　　　眉扫初春嫩柳
宿雾锁奇峰　　　暮观日挂林梢　　　脸堆三月娇花

冰轮碾出三千里
玉兔平吞四百州

素魄映千山似水
彩霞照万里如银

楼畔绿槐啼野鸟
门前翠柳系花骢

翠帘幕高悬户牖
碧阑干低接轩窗

玉貌妖娆花解语
芳容窈窕玉生香

落日带烟生碧雾
断霞映水散红光

绿依依一川芦叶
红瑟瑟满目蓼花

淡月寒星长夜景
凉风冷露九秋天

青黛染成千块玉
碧纱笼罩万堆烟

卷起金风飘败叶
吹来露气布深山

断送落花三月雨
摧残杨柳九秋霜

生事事生君莫怨
害人人害汝休嗔

沥沥琴声飞瀑布
重重晓色映晴霞

家有余粮鸡犬饱
户多书籍子孙贤

贪观天上中秋月
失却盘中照殿珠

嫩柳舞金丝拂地
奇花绽锦绣铺林

骏马却驮痴汉走
美妻常伴拙夫眠

户敞朝迎三岛客
庭幽暮接五湖宾

碧玉峰前,丹桂悬崖青蔓袅
白云洞口,紫藤高挂绿萝垂

千峰竞秀,夜深白鹤听仙经
万壑争流,风暖幽禽相对语

点点萤光明野径,偏依腐草
行行雁阵坠长空,飞入芦花

峭壁苍松,铁角铃摇龙尾动
飞云瀑布,银河影漫月光寒

葵扇风中,奏一派声清韵美
荷衣香里,出百般舞态娇姿

风柳疏疏如怨妇颦额眉黛
霜枫簇簇似离人点染泪波

帘卷虾须,皓月团团悬紫骑
窗横龟背,香风冉冉透黄纱

满目香风万朵芙蓉铺绿水
迎眸翠色千枝荷叶绕芳塘

三 名联欣赏

帝阙前万灵咸集，有圣有仙，有那吒有金刚有阎罗有判官有门神有太岁，乃至夜叉鬼魔，共仰道君皇帝

凤楼下百兽来朝，为彪为豹，为麒麟为狻猊为犴津为金翅为雕鹏为龟猿，以及犬鼠蛇蝎，皆知宋主人王

《金瓶梅》

三寸气在千般用
一日无常万事休

平生不作皱眉事
世上应无切齿人

窗外日光弹指过
席前花影座间移

雪隐鹭鸶飞始见
柳藏鹦鹉语方闻

消遣壶中闲日月
遨游身外醉乾坤

胸中有志终须至
囊内无财莫论才

千枝红树妆秋色
三泾黄花吐异香

不如意事常八九
可与人言无二三

春楼晓日珠帘映
红粉春妆宝镜催

春回笑脸花含媚
黛蹙娥眉柳带愁

祸患每从勉强得
烦恼皆因不忍生

祸因恶积非无种
福自天来定有根

白玉壶中翻碧浪
紫金杯内喷清香

万井风光春落落
千门灯火夜沉沉

红日映窗寒色浅
淡烟笼竹曙光微

《醒世恒言》《警世通言》《喻世明言》

不受苦中苦
难为人上人

闭门推出窗前月
投石冲开水底天

朝骑白鹿升三岛
暮跨青鸾上九霄

妻贤夫祸少
子孝父心宽

不须玉杵千金聘
已许红绳两足缠

尘随车马何年尽
情系人心早晚休

春如红锦堆中过
夏若青罗帐里行

聪明女得聪明婿
大登科后小登科

灯初放夜人初会
梅正开时月正圆

纷纷玉瓣堆香砌
片片琼英绕画栏

风定始知蝉在树
灯残方见月临窗

龟游水面分开绿
鹤立松梢点破青

合意客来心不厌
知音人听话偏长

家多孝子亲安乐
国有忠臣世太平

金波不动鱼龙寂
玉树无声鸟雀栖

泾渭自分清共浊
薰莸不混臭和香

鹿迷秦相应难辨
蝶梦庄周未可知

片片晚霞迎落日
行行倦鸟盼归巢

声飞霄汉云皆驻
响入深泉鱼出游

十年受尽窗前苦
一举成名天下闻

是非只为多开口
烦恼皆因巧弄舌

树老抽枝重茂盛
云开见月倍光明

万顷碧波随地滚
千寻雪浪接云奔

未离恩山休问道
尚沉欲海莫参禅

闻钟始觉山藏寺
傍岸方知水隔村

药按韩康无二价
杏栽董奉有千株

野花不种年年有
烦恼无根日日生

意似鸳鸯飞比翼
情同鸾凤舞和鸣

隐隐山藏三百寺
依稀云锁二高峰

萤火点开青草面
蟾光穿破碧云头

作恶恐遭天地责
欺心犹怕鬼神知

做事必须踏实地
为人切莫务虚名

三　名联欣赏

名胜联

帝出乎震
人生于寅
　　——山东泰山岱庙

泉清堪洗砚
山秀可藏书
　　——朱熹题江西九江白鹿洞书院

白云朝夕异
明月古今同
　　——林纾题福建福州双骖园

雾迷塔影烟迷寺
暮听钟声夜听潮
　　——山西潞城原起寺

一笛清风寻鹤梦
千秋皓月问梅花
　　——湖北武汉黄鹤楼

兴亡天定三分局
今古人思五丈原
　　——四川成都武侯祠

依然极浦生秋水
终古寒潮送夕阳
　　——江西南昌滕王阁

红雨一春帘外水
青山六代画中诗
　　——江西九江甘棠湖烟水亭

世态炎凉唯一笑
余怀坦白故常开
　　——福建莆田广化寺兜率殿

不为钱原非易事
太要好也是私心
　　——安徽九华山正天门

泗水文章昭日月
杏坛礼乐冠华夷
　　——山东曲阜孔庙杏坛

野烟千叠石在水
渔唱一声人过桥
　　——上海城隍庙豫园湖心亭

斗酒纵看廿一史
炉香静对十三经
　　　——江苏苏州寒山寺碑廊

门前绿水飞奔下
屋里青山跳出来
　　——江苏苏州天平山高义园来燕榭

千朵莲花三尺水
一弯明月半亭风
　　　　　——江苏苏州唐寅墓

苍松翠柏真佳客
明月清风是故人
　　——唐寅题江苏苏州狮子林真趣亭

花林宛转清风透
霞石玲珑瑞气开
　　——祝允明题江苏苏州天平山听莺阁

白云白鸟飞来古
青史青山自古今
　　　　　　——香港海月亭

尽底脱去胸中有
逐一拈来何处无
　　　——担当题云南鸡足山大觉寺

蓝自青山多隽秀
田为嘉稼庆丰收
　　　　——台湾南投蓝田书院

尽底脱去胸中有
逐一拈来何处无
　　　——担当题云南鸡足山大觉寺

佛云不可说不可说
子曰如之何如之何
　　　　——四川峨眉山息心所

泉出乎地，地久泉俱久
水生于天，天长水也长
　　　　——山西太原晋祠难老泉

十方善十方缘十方结果
同修道同修德同修成仙
　　　　　——山西五台山南山寺

衣锦还乡，保万民于安乐
上疏归国，启百世之蒸尝
　　　　——浙江杭州钱武肃王祠

翠翠红红，处处莺莺燕燕
风风雨雨，年年暮暮朝朝
　　　　——浙江杭州西湖花神庙

三　名联欣赏

竹外疏花，冷香飞上诗句
梅边吹笛，此地宜有词仙
　　　　——江苏苏州怡园锄月轩

洞辟几时，问孤松而不语
云飞何处，输老鹤以长闲
　　　　——贵州贵阳飞云洞

遵道而行但到半途须努力
会心不远欲登绝顶莫辞劳
　　　　——湖南衡山半山亭

何处招魂，香草还生三户地
当年呵壁，湘流应识九歌心
　　——湖南岳麓寺三闾大夫（屈原）祠

八百里湖山，知是何年图画
十万家烟火，尽归此处楼台
　　　　——浙江杭州城隍庙

松声竹声钟磬声，声声自在
山色水色烟霞色，色色皆空
　　　　——江苏南京燕子矶永济寺柱

下笔千言，正桂子香时，槐花黄后
出门一笑，看西湖月满，东浙潮来
　　　　——浙江杭州贡院

画阁镜中，看幻作神仙福地
飞泉云外，听写成山水清音
　　　　——山东济南趵突泉

秦皇安在哉，万里长城筑怨
姜女未亡也，千秋片石铭贞
　　——文天祥题河北山海关孟姜女庙

举念时明明白白毋欺了自己
到头处是是非非曾放过谁人
　　　　——山西太原晋祠东岳庙

枫叶四弦秋怅触天涯迁谪恨
浔阳千尺水勾留江上别离情
　　　　——江西九江白太傅祠

问梅子熟时，个中人酸甜自别
闻木樨香否，门外汉坐卧由他
　　　　——江西南昌佑民寺禅房

兵甲富于胸中，一代功名高宋室
忧乐关乎天下，千秋俎豆重苏台
　——宋荦题江苏苏州范文正公（范仲淹）祠

莫专问婚姻,凭他万事随缘,都是前生注定
亦兼司禄命,笑我一官需次,也当此处邀灵
　　　　　　　　　　　　——浙江杭州月老祠

天籁西来,听铿铿金石如钟,振动一时豪杰
大江东去,看滚滚银涛似雪,淘尽万古英雄
　　　　　　　　　　　——江西石钟山昭忠祠

胜地据淮南,看云影当空,与水平分秋一色
扁舟过桥下,闻箫声何处,有人吹到月三更
　　　　　　　　　　　——江苏扬州二十四桥

十年幕府悲秦泪,诗史数千言,秋天一鹘先生骨
一卷唐诗补蜀风,草堂三五里,春水群鸥野老心
　　　　　　　　　　　——四川成都杜甫草堂

江水滔滔,洗尽千秋人物,看闲云野鹤,万念都空,说甚么晋代衣冠,吴宫花草
天风浩浩,吹开大地尘氛,倚片石危栏,一关独闲,更何须故人禄米,邻舍园蔬
　　　　　　　　　　　——江苏扬州永济寺

　　五百里滇池,奔来眼底。披襟岸帻,喜茫茫空阔无边。看东骧神骏,西翥灵仪,北走蜿蜒,南翔缟素。高人韵士,何妨选胜登临!趁蟹屿螺洲,梳裹就风鬟雾鬓;更苹天苇地,点缀些翠羽丹霞。莫辜负四围香稻,万顷晴沙,九夏芙蓉,三春杨柳
　　数千年往事,注到心头。把酒凌虚,叹滚滚英雄谁在!想汉习楼船,唐标铁柱,宋挥玉斧,元跨革囊。伟烈丰功,费尽移山心力。尽珠帘画栋,卷不及暮雨朝云;便断碣残碑,都付与苍烟落照。只赢得几杵疏钟,半江渔火,两行秋雁,一枕清霜
　　　　　　　　　　　——云南昆明大观楼

三　名联欣赏

民俗联

门心似水

物我同春

——春联（清·彭元瑞）

彭元瑞，江西南昌人，曾任工部尚书，协办大学士，并参与过《四库全书》的编纂，是清中期著名的学者、楹联作家。乾隆帝出过一个上联"冰（同"冰"）冷酒，一点水，两点水，三点水"，命群臣来对，只有彭元瑞对出了下联"丁香花，百字头，千字头，万（萬）字头"。

这副对联是彭元瑞过年时为自己家写的春联，上联意为"家门口和我的心境都像水一样平静"，下联意为"世间万物与我同享新春"，表达的是一种平和喜悦的心情。

一枪戳出穷鬼去

双钩搭进富神来

——春联（清·归元恭）

归元恭，江苏昆山人，原名归玄恭，因避康熙皇帝爱新觉罗·玄烨的名讳而改名。他是明朝遗民，入清后，曾参加反清复明的活动，遭遇失败而皈依佛门，号"普明头陀"，人称其为"狂士"。归元恭家境极为贫寒，可以说是四壁萧然，房门和家什都破败不堪，用绳子捆扎起来勉强使用，于是他就在家门口挂了一块匾，写上"结绳而治"以自嘲。这副春联是某年除夕他写在自家门口的，也是自嘲的成分居多。

钻燧木先春，食德饮和，且自披星朝赤帝

观灯天不夜，衢歌巷舞，何妨捧日诗黄人

——元宵节联（清·吴镇）

吴镇，甘肃临洮人，善诗文，做过地方官，因为人耿直得罪上司而被免职，以后终生在兰州的兰山书院教授门徒，淡泊度日。著有《松花庵全集》。这副对联是吴镇为兰州火神庙题写的元宵灯火联。古代的火种都来自钻木取火,春天钻的是榆木和柳木,古人因钻木取火而获得了美味营养的食物,得以养和身体,繁衍子孙,这是"赤帝"也就是火神的功绩,所以上联的意思是歌颂火神。下联说的是兰州城大街小巷欢度元宵节的热闹场面。其中所说的"黄人",指传说中守护太阳的神,黄人守日是一个成语,形容政治清明,国力强盛。

门幸无题午
人惭不识丁
——端午节联(明·徐五)

徐五,广西人,明代嘉靖年间思恩府的一个百夫长(一种低级军官的称号,手下百人左右,故名),后因有功被任命为思恩府九土司之一的定罗土司土巡检,官职为家族世袭,至清代依然。

幽柏玲珑浓荫送秋残
柔柳轻盈香茗贺春临
——九九消寒联

这是一副民间用来消遣严寒季节闲暇时光的民俗时令对联。它和画着梅花瓣的"九九消寒图"是同样性质的事物,只不过是以对联的形式出现,对联里所有的字都是九画。这些字一开始都是中空的,供人填画,从"一九"(即冬至的第二天)开始,每过一天,上下联相同位置上的两个字就各填一笔,每两个字填完,就意味着过了九天,进入下一个"九",等到所有字都被填满了,冬季便结束了。

美景良辰,春半好花秋半月
洞天福地,七旬寿母五旬儿
——贺寿联(清·陶补云 封翁辰)

这副对联是清代浙江绍兴乡贤屠湘之五十寿辰、同时为母亲庆贺七十寿辰的时候,他的朋友陶补云、封翁辰送给他的寿联。屠湘之的生日在农历二月十五,他母亲的生日在农历八月十五,各为春秋二八月之望,

所以上联称"春半好花秋半月",绍兴的会稽山和若耶溪,在道教中分别被列为第十洞天和第十四福地,所以下联称"洞天福地"。

春风绛帐谭诗礼
绕膝扶床戏子孙

——贺寿联(清·张謇)

张謇,江苏常熟人。他在光绪二十年(1894年)中过恩科状元,所谓恩科,即朝廷因某种原因在非科考的年份开的科举考试。光绪二十年是慈禧太后的六十寿诞之年,所以开了恩科。张謇时年四十四岁。中状元之后,他步入政坛、实业界、教育界、慈善界,在许多领域多有建树,并对中国的现代化进程颇具贡献。1926年张謇逝世,葬于江苏南通的啬园,他生前曾自撰了一副墓门对联:"即此粗完一生事;会须身伴五山灵。"

上古大椿长不老
小山丛桂最宜秋

——贺寿联(清·严杰)

严杰,浙江余杭人,清代学者。他本人从未中过科举,终身一介布衣,但却是乾隆、嘉庆、道光三朝重臣阮元家中常年聘请的家庭教师,学养十分深厚,深得阮元的信任。这副对联是严杰赠送给曾任台湾知府的庆保,祝贺他七十大寿的。

风俗因君厚
文章到老醇

——贺寿联(现代·丘菽园)

丘菽园,福建厦门人,新加坡著名华侨商人,也是一位诗人,号称"南洋才子"。这副对联原本是北宋诗人范仲淹《寄赠林逋处士》诗中的两句,丘菽园借用来作为寿联,庆祝朋友王松(王友竹)四十岁寿诞。王松是台湾新竹人,与丘菽园是好友,他去世后遗作结集刊行,丘菽园还为之作序。

常如作客,何问康宁,但使囊有余钱,瓮有余酿,釜有余粮,取数叶赏心旧纸,放浪吟哦,兴要阔,皮要顽,五官灵动胜千官,过到六旬犹少

定欲成仙,空生烦恼,只令耳无俗声,眼无俗物,胸无俗事,将几枝随意新花,纵横穿插,睡得迟,起得早,一日清闲似两日,算来百岁已多

——自寿联(清·郑燮)

郑燮,即郑板桥,江苏兴化人,清代著名的文学家、书画家,为"扬州八怪"之一。他仕途不顺,在山东做过多年地方小官,留下了许多佳话,后因为性情耿直不被容于官场,六十一岁时终结了宦海生涯,以后便以售卖书画为生。这副对联是他六十岁生日时的自寿联。

鼓瑟鼓琴,宜家宜室
佳儿佳妇,多福多男

——贺婚联(清·陈弼夫)

陈弼夫,福建福州人。他的父亲陈若霖在道光年间曾任刑部尚书,执法严恕分明,不惧权贵,不枉无辜,官声很好。陈弼夫本人担任过云南布政使,他的儿子陈承裘做过刑部主事,陈承裘的儿子陈宝琛是末代皇帝溥仪的老师。陈氏家族世代出进士,在福州当地非常有名。这副婚联是陈弼夫赠给古琴大师祝凤喈的孙子祝安伯的。

博议书成临月按
合欢酒熟对花斟

——贺婚联(清·陈用光)

陈用光,江西黎川人。他出生在一个书香大族,自己担任过内阁学士、礼部左侍郎等重要官职,是道光皇帝的亲信大臣,同时也是一位造诣极深的文学家。这副对联是他送给户部侍郎程恩泽再娶的贺婚联。这里说的"博议",指的是南宋儒学家吕祖谦的《左氏博议》和明代学者王夫之的《续左氏春秋传博议》,后者名义上是前者的续作,陈用光以此暗指程恩泽是"续娶"(二婚)。

三 名联欣赏

岱色苍茫众山小

天容惨淡大星沉

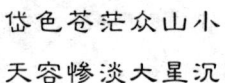
——挽联（清·纪昀）

纪昀，也就是人们非常熟悉的清代大才子纪晓岚，河北沧州人。他是《四库全书》的总纂修官，担任过兵部尚书、礼部尚书、协办大学士等重要的官职，也是乾隆皇帝十分倚重的亲信大臣。他性格活泼，喜好开玩笑，经常出语嘲笑同僚，当时令人难堪，但过后再一想，却是字字至理。他八十二岁逝世，据说终生不食米面谷物，然而每天要吃十斤肉，生活习惯非常奇特。这副挽联是纪昀为刘统勋去世写的，刘统勋做过陕甘总督，刑部、兵部、吏部尚书和宰相，也是《四库全书》的总裁官之一。他有一个儿子很有名，就是民间所说的"宰相刘罗锅"——刘墉。

奴别良人杳矣，大丈夫何患无妻，愿他年重订婚姻，莫对生妻谈死妇

儿依严父艰哉，小孩子定仍有母，倘后日得蒙抚育，须知继母即亲娘

——自挽联（清·何氏）

这副对联是清代福建光泽一个何姓女子临终时为自己所写的挽联。她的丈夫名叫欧阳顺斋，夫妻两人年纪都不大，育有一子。何氏知道，自己死后丈夫必再娶，她只有一个心愿，就是希望丈夫不要对后妻谈起自己。因为男人对后妻谈论前妻，都是因为后妻想从丈夫口中知道他对前妻的感情如何，印象如何，如果丈夫说的是好话，后妻定然不悦，如果丈夫说的是坏话，又令人思之不忍，不如缄口不言，保持沉默。另外，失去亲生母亲的孩子，父亲照顾难免不周，她在这副自挽联中，恳求后妻能善待自己的孩子。一个即将离世的妻子、母亲对丈夫、孩子的眷恋不舍之情溢于言表。

 ## 名人联

> 一生好事无双日
> 百岁闲身得半时
> ——李渔自题

李渔,号笠翁,浙江金华人。他是出生于明末清初的一位非常重要的戏剧家,自幼生活在富裕家庭,少年时便有才子之名,本应投身科举,求取功名,最后却走上了研究、创作和亲自参与表演戏曲、写小说故事谋生的另类人生道路。这样的生活在当时没有什么保障,晚年的李渔过得十分困窘。幸而五十岁时他有了自己的第一个儿子,足以自慰。这副对联就是他为了庆祝自己老来终得子而写的。他还写了一首诗《庚子举第一男,时予五十初度》:"五十生男命不孤,重临水镜照头颅。壮怀已冷因人热,白发催爷待子呼。"字里行间能看出强烈的喜悦之情。这个儿子之后,李渔又连得七子,最后存活了五个。

> 累万盈千,尽是朝廷正赋,倘有侵斯,谁替你披枷带锁
> 一丝半粒,无非百姓脂膏,不加珍惜,怎晓得男盗妇娼
> ——于成龙自题两江督署大堂

于成龙,山西吕梁人。清初顺治年间入仕,从四十多岁到六十多岁,当官二十余年,从七品县令做到封疆大吏,一生政绩斐然,官声极好。他最为人称道的是极其清廉的作风。他甚至能做到和仆役们吃同样的粗粮杂米青菜,餐桌上终年无肉,老百姓们因此叫他"于青菜"。他到各地做官,从来不带家眷,一直一个人生活。他也没有姬妾,只有一个结发妻子,因他宦游不定,夫妇多年见不着面。他去世的时候,全部身家是一套官服,别无余财。百姓们得知他的死讯,都悲痛哭泣,非常不舍。这副对联是他在两江总督任上所写,词锋鲜明凌厉,掷地有声,体现了这位"一代廉吏"坦荡清明的胸襟和意志。

秋圃黄花韩相国
春风红杏宋尚书
——嵇璜赠友联

嵇璜，江苏无锡人。清代水利专家，曾任江南河道副总督、河东河道总督、工部尚书等职，擅长治水，颇有功绩。诗文亦佳，书法尤其精湛，许多人都向他求字，乾隆朝炙手可热的大红人和珅也想得到他的墨宝，却被他婉言拒绝了，其人不愿同流合污的清正品行可见一斑。这副对联是嵇璜送给同朝为官的著名文学家、书法家梁诗正的。上联指的是北宋宰相韩琦，韩琦最鲜明的特点是忠君爱国，下联指的是北宋诗人宋祁，他的特点是少负才名，文采超凡，所以这副对联是在极力地赞美梁诗正德才兼备。

槐为王氏传家树
杏是唐人及第花
——王文治自题家门联

王文治，江苏丹徒人。乾隆年间曾做过云南临安知府。王文治是当时著名的书法家，二十多岁便蜚声海内外，曾随使臣前往琉球，在那里受到喜爱书法的琉球民众的热烈欢迎。乾隆皇帝也很赞赏他的书法艺术。他写字喜用淡墨，以突出笔法飘逸的神韵。这副门联的上联，指北宋时的兵部侍郎王佑曾在家中种下三棵槐树，预言子孙中必定要出宰相的典故；下联指唐代的科举考试开榜日期与杏花的花期重叠，因此考中进士，即"及第"，就与杏花有了一种联想上的关系。

春从天上至
水由地中行
——林则徐题居室联

林则徐，福建福州人。清代杰出的政治家，做过湖广总督、陕甘总督、云贵总督，可谓位极人臣。他最为人所熟知的事迹，就是担任钦差大臣，在广东严厉禁烟，于虎门销毁了从英国鸦片贩子那里收缴来的准备贩卖给中国百姓的鸦片,并屡次挫败英国殖民者为了保障鸦片贸易而发动的侵略活动。但他也因此遭到朝廷投降派的构陷,被革职流放新疆伊犁,道光皇帝勒令他在流放地"效力赎罪"。1845 年,林则徐复出,历任陕甘总督、陕西巡抚、云贵总督。1850 年,他在病中再次接受钦差大臣的任务,前往广西履职,逝于途中的潮州。这副对联是林则徐自题联,上联化自一个词牌"春从天上来",下联取自《孟子·滕文公下》"水由地中行,江、淮、河、汉是也"。

旧书不厌百回读
嘉树新成十亩荫

——王懿荣自题联

王懿荣,山东烟台人。金石学家,光绪年间曾任翰林编修,八国联军攻破北京时,他率家人投井自杀。王懿荣是甲骨文的发现者。1899 年,他患上疟疾,治疗要用到一味中药"龙骨",家人抓药回来之后,他无意中发现"龙骨"上排列着许多似乎有一定规则的痕迹,形如文字,却一个都不认识。于是,他让人去药铺买回了所有的龙骨,逐个研究,最终确定所谓"龙骨"其实是龟甲和兽骨,上面的痕迹是用利器刻上去的,而且这些龟甲兽骨都经过了高温灼烧。仔细考证后,王懿荣认为这些龟甲兽骨是商代用于占卜的"卜骨",上面刻的就是远古商民所用的文字。后来,也有其他的文字学家加入了这项研究,甲骨文这种古老的文字遂为天下人所知。这副对联是王懿荣为自己的亲家、同为金石学家的吴式芬书写的,上联出自苏轼的诗作《送安敦秀才失解西归》,下联是王懿荣自对,因吴氏的家宅素有"十亩治园"的美誉。现在,这副对联还挂在吴式芬位于山东无棣的故居大宅中。

四　对联故事

县官一联巧息讼

在江苏常熟市的虞山东麓,有两位历史上著名的贤德之人的墓地,一个是西周仲雍墓,另一个是春秋言子墓。

仲雍是周氏族首领周太王的二儿子,他的哥哥叫太伯,弟弟叫季历,季历就是周文王的父亲。周太王觉得季历是三兄弟中最适合继承自己王位的,可是因为前面还有太伯和仲雍,他不便废长立幼,为此十分焦虑。太伯知道了父亲的心思,便带着仲雍离开了国都周原,跑到南方,剪发文身,把自己变成南方蛮族人的模样,表示不会再回去与季历争夺王位。后来,太伯得到当地人的拥戴,在这里建立了吴国,并成为吴国的开国之君。太伯死后,仲雍继承了吴国王位,做了五年国王,九十二岁时去世。

言子名叫言偃,是土生土长的常熟人。孔子门下三千弟子,其中有七十二个他最得意的学生,人称"七十二贤人",言偃就是七十二贤人之一。因为他是孔子门徒中唯一出生于南方的人,所以被尊称为"南国夫子"。他的墓前就有一道牌坊,悬挂着"南国夫子"的牌匾。

因为仲雍墓和言子墓相距很近,两个家族的后裔常年为了墓与墓之间的空地属于谁家争执不休,甚至于要对簿公堂。某年常熟来了一个新县令,他见两个名垂千古的圣人贤者,后代却在为一点小小的地盘经年累月地争讼,觉得很不妥,决意要制止他们。于是,他在仲雍墓的墓门上写了一副对联:"一时逊国难为弟;千古名山尚属虞。"上联讲的是仲雍随哥哥舍弃权力地位背井离乡的故事,下联的意思是,既然这座山被命名为"虞山",那仲雍家族就有天然的优先权(仲雍还有一个名字叫虞仲,虞山就是因为仲雍葬于此处才得名)。

言偃的后人看到县令写的对联,恍然醒悟,马上就撤回了诉状,再也不与仲雍后人争地了。

 纪晓岚妙对讽损友

清代才子纪晓岚为人豁达,言语机智诙谐,一般人口舌上不可能讨到他的便宜。有一天,他的一个很要好的朋友来拜访他,碰巧他不在家,这位好朋友有些不拘小节,竟直接走进了内院,一眼看见纪晓岚的小妾在窗下洗脚,两只脚光溜溜的。在封建社会,看女子的赤脚也属于非礼行为,这位朋友连忙退了出去,和从外面回来的纪晓岚撞了个满怀。纪晓岚奇怪地问他在干什么,朋友眼珠一转,心想,纪晓岚对对子无人能敌,可我要是用刚才的事出个上句,他恐怕也招架不住,只能乖乖任我嘲笑。他便说道:"我呀,刚才是在看如夫人洗脚。哎,你说,'看如夫人洗脚'若是个上联,下联不好对吧?"纪晓岚一听,笑了笑说道:"谁说不好对,你老人家的尊衔'赐同进士出身',对上简直天衣无缝。"朋友的脸顿时红了。原来,清代科举最后一关"殿试",所有入试的考生按照成绩分成三甲录取,一甲只有三人,即大家熟知的状元、榜眼和探花,他们叫作"赐进士及第",二甲叫作"赐进士出身",三甲则是"赐同进士出身",纪晓岚这个朋友当年就是三甲中的一个,比起一甲二甲的进士身份,他的这个"赐同进士出身"自然就没那么响亮。而纪晓岚殿试时考中的是二甲第四名,是真正的进士。这位朋友原想取笑纪晓岚,结果被纪晓岚狠狠地嘲讽了回去,落了个自讨没趣。

 抬杠抬到阎王殿

明代时候有个人,平时最喜欢挑别人文章的毛病,断章取义横加指摘,说白了就是喜欢抬杠。比如他读诗读到"林莺啼到无声处,青草池

塘独听蛙"一句,就说:"林莺啼了,就是有声嘛,怎么能叫无声处?"其实诗的意思是林中的黄莺在没有喧嚣的地方啼叫,更显出山林幽静来,这是一种意境,此人不解其意,反而生硬地从字面上找纰漏,自作聪明,实则无知。

有一天他睡觉的时候,突然被两个青衣人带走,一直带到一座宫殿前,见门柱上有对联,写的是:"日月阎罗殿;风霜业镜台。"他这才明白,自己已经死了,身旁的青衣人是鬼卒,这里是阴曹地府。

阎王让鬼卒把他带进殿来,审讯了一番,还拿一面镜子——也就是对联中说的"业镜"——给他看,历历在目的都是他在人间整天鸡蛋里面挑骨头的尖酸刻薄无事生非的言行。最后,阎王说他犯错虽多,但寿命未尽,命青衣人将他送回阳间去。

刚一出门,这人便对押送他的青衣鬼卒说道:"我看你们这儿的对联,写的不太好,什么'日月阎罗殿',你说,阎罗殿在地底下,哪能看见日月啊?"鬼卒大怒道:"你这毛病是改不了了吗?"说着举起手中的招魂棍,朝他背后用力打了一记,他痛的大叫,猛然惊醒,原来自己还在床上睡觉呢。

儒师笑解拱手联

雍正年间,广东某地来了一个学政。学政是清朝省一级的教育部门主官,全称是"提督学政",是从朝廷下派的,专管各州府针对童生和秀才的考试。这位学政这次来,一是为了宣讲皇帝颁布的旨意,二是为了检查童生、秀才们的学习情况。所以讲完了皇帝圣旨,他看看下面围成一圈的学生们,就想顺便考考他们。正好宣讲的地方,旁边立着一座高塔,他便指着塔出了个上联:"一塔尖尖,四面七层八角。"那些学生们抓耳挠腮想了半天,谁也对不上来,没办法,只好纷纷拱手作揖,讪讪退去。

过了几天,学政跟本地的一位饱读诗书、开馆授徒的儒师遇上,就说了这件事,言语中,颇有讥讽这位儒师不善教授,教出来的学生文墨不通的用意。儒师也不生气,只笑着说:"他们不是都对出来了吗?"学政惊讶地说:"都对出来了?""对呀,您说他们都向您作揖,那就是在对下联呢。""他们作揖而已,算什么下联?"儒师把两手一拱:"他们对的是'两手拱拱,十指二短一长'。"学政听了哈哈大笑,也不再为难这里的学生了。

小神童智对明景帝

明代的李东阳自幼聪慧过人,三岁的时候就能写径长一尺的大字,因此被称作神童,声名远扬。明景帝听说了这事儿,把小东阳召到宫里来验试,一看见他就特别喜欢,还赐给他好多东西。李东阳五岁、七岁的时候,明景帝又把他叫来了两次,还让他讲《尚书》这部儒家典籍。五岁的时候他还小,还讲不出个所以然。七岁那年,面对景帝,李东阳讲得头头是道,景帝一高兴,就把他抱过来,让他坐在自己的膝上。

小东阳的父亲这时只能在殿下站着。景帝看到这情景,就对小东阳说:"子坐父立,礼乎?"这是一句问话,其实也是一个上联,意思是,儿子坐着父亲站着,这难道是符合礼的行为吗?小东阳不假思索应声答道:"嫂溺叔援,权也。"这是回答,也是下联,意思是,嫂子溺水,小叔子伸手去抓住她,是事出紧急而从权的做法。

小东阳对的下联机智有趣,明景帝看这孩子如此冰雪聪明,不禁心花怒放,便特批让他进了顺天府学。这是明代的国家最高学府,无数朝廷重臣都是从那里毕业的。十八岁的时候,李东阳考中了进士,五十多岁的时候当上了文渊阁大学士,也就是宰相。

蜀中才子趣对知府

清代四川籍才子李调元很小的时候就能吟善对,闻名乡里。有一天,他从书塾放学,路上看见梅花开了,随手折了一枝,想带回家去。不巧走着走着迎面遇到知府出行,衙役们一路呼喝,煞是威风。因为童生遇到地方长官要避让肃立,手里不能拿着东西,他只好偷偷把花藏在袖子里,垂手侧立在道旁。

知府远远望见这个少年，觉得他面目清秀，器宇不凡，在人群中好像鹤立鸡群，就停下轿子，命人把他带到跟前来，一问方知是学生。知府仔细打量，突然看到他袖口露出一朵连枝的梅花，暗暗好笑，又想试试他的学识，于是出了一个上联："白面书生，袖中暗藏春色。"李调元知道知府发现了自己袖中玄机，便坦然应道："黄堂太守，眼底明察秋毫。"知府这个官职，在清代之前的朝代叫做太守，太守官衙的正堂墙壁用雌黄涂染成黄色，所以李调元称知府为"黄堂太守"。

捡来对联能当宝

明朝末年，顺德有个叫黄士俊的人到罗浮山中游玩，路遇一个白发苍苍的老翁。他见老翁仙风道骨不似凡人，便多留意了几分。老翁倚坐着一棵松树，一手拿着酒壶，一手握着酒杯，正自斟自饮。几杯之后，老翁低声吟道："倚松酌酒，金杯影里动龙鳞。"黄士俊在边上听见，细细玩味一番，发现这应该是一个下联，转过头想再向老翁讨教上联，却看到松树下空空如也，老翁已经不见了。

几年后，黄士俊考中状元，入了翰林院专门负责修史的史馆，担任编修之职。可是他跟同僚们关系不好，可能因为他来自偏远的岭南，史馆内的一些鼻孔朝天的人颇看不起他。

有一天，文官们在一起煮茶闲聊，国子监祭酒出了一个上联"燃苇烹茶，宝鼎浪中浮蟹眼"。大家一时都想不出合适的下联，黄士俊脑海中灵光一闪，忆起当年在罗浮山听那个老翁吟出的句子，立即念了出来："倚松酌酒，金杯影里动龙鳞。"在座诸人都为这工整的对句叹服不已。从此，再也没有人轻视黄士俊了。

历史上的黄士俊是个很有才华的人，后来官至东阁大学士，也是宰相之一。可惜他生不逢时，身处明朝灭亡的时代。他辗转为苟延残喘的明朝廷一直服务到最后一刻，然而始终深陷在人事纷争中，耄耋之年，独木难支，不得已辞官回家。清初顺治年间在家中去世。

黄士俊去世之前，清廷曾许以六品官职，请他出山，他拒绝了，并在拐杖上刻了一句话:"用之则行,舍之则藏,惟我与尔有是夫?"广东抗清领袖陈邦彦的儿子陈恭尹派人偷了他的拐杖,给对了一个下句刻上:"危而不持,颠而不扶,则将焉用彼相矣!"指责黄士俊当初身在相位,却并未完成使命。也有人把这则故事放在明末礼部侍郎钱谦益的身上。

状元郎撰联示爱

清代道光年间有个状元名叫朱昌颐,他还没有考中状元的时候,住在叔父朱方增家里。朱方增有一个侍女,小名多多,长得很漂亮,朱昌颐非常喜欢,想纳她做妾室,但是又不敢跟叔父讨要。

朱昌颐擅长书法,经常为人写字,据说,他还给道光皇帝写过扇面。有一天,多多突然请他为自己写一副楹联。朱昌颐便想借机表露爱慕之心,于是写了"一心只念波罗密;三祝难忘福寿男"给她。这副对联看似普通,其实大有名堂,它是一副隐字联,上联指的是佛经《般若波罗密多心经》,隐去了一个"多"字,下联指华封三祝的典故,传说尧到华地巡视时,守卫华地的人祝他"福、寿、多男子",这里只写"福寿男",同样隐去了一个"多"字。对联暗嵌了多多的名字,加上其中"一心只念""难忘"的字样,所以它的真实意思是"我心里只想着多多,对她难以忘怀"。

朱方增无意中看到对联,知道侄子对自己的侍女一往情深,就问多多怎么想,多多虽身为婢女,倒也是个心气儿高的姑娘,她傲气地说:"若是九郎能中个状元,我就嫁他。"

第二年,朱昌颐果然考了殿试第一名,多多闻讯,立即同意了与他的婚事。朱方增如约嫁婢,玉成了这段对联姻缘,传为一时佳话。

吹牛门联笑倒人

清代时有一户项姓人家,虽是书香门第,但家世一般,并没有出过什么大官。某年,项家老爷子在自家门口贴了一副对联:"一门三学士;四代五尚书。"路过的人看到对联都心生疑惑,一方面他们都知道这家

只是平民百姓,另一方面,近几十年来,朝廷里的内阁大学士和各部尚书都没有姓项的,这家人这么大的口气是从何而来呢?难道是他们家的远祖如此显贵吗?

有些实在好奇的人,就上门来向项家老爷子打听:"您家里何时有过三位大学士,五位尚书?说出来让我们也开开眼哪!"

项老爷子装傻充愣问道:"什么大学士,什么尚书?我什么时候说过这话?"

来人惊讶地说:"您门前这副对联,不是清清楚楚地写着吗?"

项老爷子一本正经地解释说:"我家里父子三人都是秀才,各属杭州、仁和、钱塘这三个县学,这不就是一门有三学之士吗?从我祖父到我儿子,我家四代人里有五个都研读过《尚书》,就是四代五尚书啊!是你们读我的门联读得不对,才有此误会!"

听他这么一说,来人才知道被那副门联捉弄了,摇头大笑而去。

前生后世一联连

清代诗人张九钺七岁时,跟随父亲去南岳衡山的毗庐洞游玩,遇见一个僧人。僧人看到张九钺,惊诧地说:"这小郎君长得真像我的师傅啊!小郎君,我这里有一个上联,'心通白藕',你能不能对得上来?"张九钺奶声奶气说道:"对得上!我给你对'舌涌青莲'。"僧人大惊失色,立即敲钟召集寺中众人,到张九钺面前顶礼跪拜。张九钺父子不明所以,僧人说:"我家师傅圆寂时,留下了那副对联,并嘱咐我们,将来有能对得出下句的,便是他的后身。这位小郎君,不就是我师转世吗?!"

张九钺一生虽未身居高位,但做过几任小官,在当地都留下了很好的名声。他诗名冠世,以"活李白"著称,是清代诗坛领袖人物之一。八十三岁时,张九钺病重,有一天,他儿子从外面回来,看到他头戴僧帽,飘然走出家门,追了几步,便再也看不到他的身影。他儿子连忙赶到卧室一看,只见张九钺仍躺在床上,口中喃喃吟道:"担柴运米百无能,自读楞严自剪灯。夜半万缘钟打尽,前身南岳一枯僧。"吟了几遍,溘然而逝。

五 实用对联集锦

1. 节日联

节日联概说

节日联,就是在节日尤其是我国传统节令节日期间张贴的对联。对联中最为常见的春联,就是节日联的一种。春联有以新年、春天为主题的,也有字面上与时序季节无关,仅表达内心祝愿、憧憬的。有时,格言联也可以用来当春联。但不管内容是什么,作为最隆重的传统佳节应景的对联,春联一定要喜庆,表达悲伤、愤懑、讥讽、嘲笑甚至咒骂的话语,除非有特定、合理的背景,否则不可能在春联中出现。

集　锦

春　联

通用春联

一江春水暖　　　　一畦春韭绿　　　　一剪梅花献岁
万户对联红　　　　十里稻花香　　　　千门爆竹迎春

一年春作首　　　　一代风流人物　　　　一门芝兰瑞气
百事国为先　　　　千秋幸福时光　　　　万户杨柳春风

一堂开淑景　　　　一声爆竹除旧　　　　一代英雄奔前景
万马会新春　　　　万户桃符更新　　　　满园桃李秀阳春

一代风流抒壮志
九州巨变写春秋

一轮日月开新纪
万里河山换旧规

一枝独放迎春到
万马齐奔报捷来

一路马蹄花引蝶
万家春色柳闻莺

一簇梅花春带雨
万家爆竹响连福

一门喜气和春酿
举国欢歌动地吟

一路风尘蹄花碎
万家爆竹喜气浓

一曲笙歌春似海
千门灯火夜如年

一代英豪九州生色
八方捷报四季呈祥

一路观梅知腊尽
几家沽酒待春归

一年好景随春至
千秋宏图与日新

一代雄才风流尽占
九州春色红紫纷呈

一片晓烟杨柳绿
满山春色杏花红

一声布谷迎春到
两手萱花接福来

一代风流九州生色
八方锦绣四季呈祥

一片欢声除旧岁
千桩喜事会新春

一唱雄鸡天下白
初升旭日东方红

一片丹心九州报捷
三军浩气四海扬威

一元二气三阳泰
四时五福大合春

一天春雨红梅笑
万里东风翠柳摇

一柱擎天九龙腾跃
八仙过海五岳欢歌

一元复始天增寿
四海欢腾大有年

一派春光呈锦绣
万家灯火庆升平

一心图强九州跃虎
八方竞智六合腾蛟

一心同步青云路
万众齐描大地春

一江春水向东去
对岸风光入梦来

一声爆竹庆民安国泰
三杯春酒祝人寿年丰

一夜连两岁岁岁如意
五更分二年年年称心

一夜连双岁岁岁花红果大
五更分二年年年月异日新

一药一灵指鹿岂能为马
百方百病以羊焉可易牛

一夜连双岁岁岁六畜兴旺
五更分两年年年五谷丰登

三春驰骏马
四海驾骄龙

三春草长随人意
万里河流似利源

四海春风洽
千秋阳历长

三羊开泰地
万事亨通年

三星在户财源旺
五福临门家道兴

四时花似锦
万众面皆春

三阳临吉地
五福萃华门

三江春水三江酒
一寸光阴一寸金

四季时时胜意
千门事事舒心

三春胜景诗配画
九州宏图锦添花

三春常住风华永茂
百业俱兴国运恒昌

四海三江春气概
千家万户虎精神

三春乍暖牛得草
万里曷遥马识途

四海生色
五湖呈祥

四海升平龙马跃
九州安定日化新

三春景象千般美
四合门庭百样新

四海春阳丽
中华气象新

四海归心歌一统
方家寄语颂三春

三春花满香成海
八月涛来水作山

四海春光好
中华气象新

四海九州皆丽日
三山五岭尽春晖

五 实用对联集锦

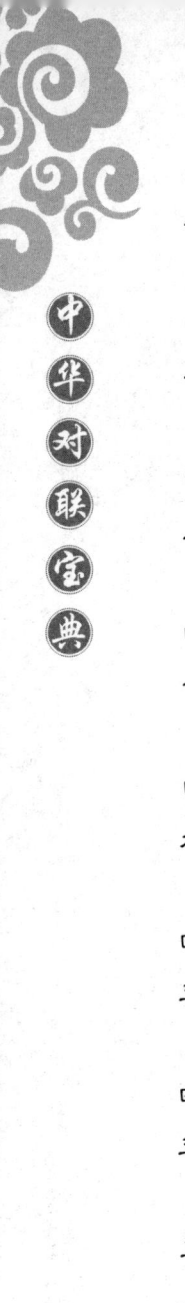

四野阳和春有脚
一江水暖月当头

五湖春色浮天地
千岱青岚入画图

六合天下瑞
八桂锦中春

四海英才龙腾虎跃
千秋大事霞蔚云蒸

五湖生意如云聚
四海财源似水来

七星高照
五福临门

四海花香九州春满
三江锦绣一代风流

五湖寄迹陶公业
四海交游晏子风

八路进宝
四方招财

四时风景纷呈异彩
千古江山辈出英贤

五福骈臻全家福
三春喜至满堂春

八方捷报
万里春光

四海无闲田田铺硕果
九州皆笑语语话丰收

五福堂前呈瑞彩
百花枝上闹春光

八方锦绣
万里春晖

四柱擎天任巨龙腾跃
五星耀彩让理想放飞

五风十雨平安岁
万紫千红富贵春

八方盈正气
四海庆新春

四柱撑天宇神州崛起
五星耀中华巨龙腾飞

五风十雨皆为瑞
万紫千红总是春

八骏日行千里地
七弦常谱万家春

五云燔吉第
三瑞映华门

五岳峥嵘雄狮奋起
九州激荡巨龙腾飞

九州永泰
四季长春

五花能逐日
八骏可追风

六畜兴旺
五谷丰登

九州日丽
四海春新

五更金鸡催晓
满天曙色迷人

六畜猪为首
四时春占先

九州大治
百姓小康

九州雨润
万物生辉

九州曙色迎红日
百族歌声颂党风

十里早莺鸣暖树
一群骏马越雄关

九州花似锦
百姓面皆春

九天揽月中华志
四海腾龙民族魂

百花开碧野
双燕入农家

九州歌岁早
万国乐春新

九天日月开新运
万里笙歌唱太平

百业千秋鼎盛
九州万里春晖

九州驰骏马
四海驾蛟龙

九陌晴光行处好
四围春色望中新

百花迎春斗艳
群英为国争光

九州生瑞气
万户报新春

九万云程催骥足
千里证途赖贤才

百花吐艳春风暖
万物生辉国运昌

九州春色来天地
四海宏图壮古今

九五宏图昌国运
万千盛景示年丰

百花争艳山河美
万众欢歌岁月甜

九州鼎盛唐尧日
四海昌隆虞舜天

九州春色莺歌燕舞
四海证程虎跃龙腾

百鸟鸣春开丽景
千帆逐浪鼓雄风

九州黎庶春风满
万里山河气象新

九州春意闹百花争艳
富民宏图展万马奔腾

百鸟齐鸣迎旭日
千林披翠舞东风

九州安定顺百业
八骏腾飞兴中华

十年树木千秋业
一望江山万里春

百利尽随佳节至
千福俱向早春来

五、实用对联集锦

百花争艳装点江山千里秀
万民欢庆歌颂祖国万年春

百业兴隆河清海晏人人乐
千年盛世山明水秀处处春

百福骈臻鱼跃鸢飞财进院
千祥云集水流花放福临门

千门红灯亮
万亩绿意春

千门彩树瞳瞳日
万户清歌淡淡风

千里松涛无山不绿
万顷麦浪有地皆春

千古龙盘虎踞
三春燕舞莺歌

千家人庆桃符换
一夜春从爆竹来

千里遥途始于足下
万代大业创自手中

千里娇莺花上锦
八方沛雨柳含春

千家桃李皆春色
万户屠苏不醉人

千秋业从基础做起
万代福靠妙手开源

千里朝霞辉碧野
一江春水涨新潮

千秋事业英雄气
万里山川锦绣图

千家爆竹为河山喝彩
万户歌声唤海岳开心

千里江山春气象
一年锦绣好文章

千顷农田千顷绿
一犁春雨一犁歌

千帆竞发几经风雨几经浪
万马奔腾一路凯歌一路春

千古江山增秀色春光满满
万家人面映桃花喜气洋洋

万里春风抒壮志　　万岁昭苏新燕贺　　万水千山新胜旧
百年好梦入长征　　一龙驰骋庆云飞　　三河五岳昔换今

万里春风陶礼乐　　万树欣随春水绿　　万紫千红百花争艳
百年事业赖勤功　　百花争向艳阳红　　五湖四海一体同春

万里江山凝秀色　　万木争荣五岭碧　　万紫千红天开美景
满园花木竞朝晖　　千帆竞发一江春　　五风十雨人庆丰年

万里勋名垂史册　　万顷烟波天接海　　万里春风峥嵘岁月
千秋义勇壮河山　　千舱欢笑浪开花　　一庭瑞雪抖擞精神

万里彩霞迎旭日　　万管玉箫歌盛世　　万里风和光生柳叶
一群骏马带朝烟　　千支彩笔赞新风　　五陵春暖色泛桃花

万象更新春光好　　万壑松涛山雨过　　万户春风礼陶乐淑
一年巨变喜事多　　千山花色水风生　　三阳景运人寿年丰

万象昭苏涵旭日　　万牛回首丘山重　　万象更新无山不秀
百花吐艳舞春风　　鲸鱼破浪沧溟开　　一元复始有水皆清

万象更新成城集众志　　万里江山重见尧天舜日
千帆竞发破浪乘东风　　九州花木共沐时雨春风

万紫千红满园皆春色　　万象维新天降百祥随日至
五风十雨遍地尽朝晖　　三阳开泰人膺五福趁春来

万树红梅飞雪迎春到　　万木逢春三山五岭皆吐翠
千江绿水心潮逐浪高　　百花得意姹紫嫣红尽争荣

五　实用对联集锦

万树红花几度东风送暖至
千行绿柳一天好雨伴春来

万里蓝天凤舞龙飞春光无限
千村绿野人欢马叫气象有余

爱栽桃李与人乐
喜看梅花为我开

爱国精神昭后代
英雄志气赶前人

爱国心诚葵向日
迎春花早鼓催人

爱国丹心昭日月
兴邦壮志起风雷

爱春争春春光无限
惜时抢时时辰有余

把酒撸春奔盛纪
吟诗祝福启新航

把酒临春喜大地澄清九州曙
色呈新貌
　题联贺岁看中华崛起万户欢
声乐小康

白帆迎曙色
碧浪泛春潮

白雪无声梅斗艳
东风有意柳争春

白帆挂出东方日
银网收回南海潮

白雪阳春传雅曲
高山流水觅知音

白雪红梅风景这边独好
蓝天碧野江山如此多娇

白雪生辉春回大地风光好
红梅溢彩福满人间喜事多

宝马扬蹄奔大道
金鸡昂首报新春

爆竹一声除旧
桃符万户更新

爆竹一声辞腊月
红花万朵笑春风

爆竹冲天去报喜
飞花入院来贺年

爆竹烟花添瑞气
颜筋柳骨写春秋

爆竹犹留千古事
梅花独占一枝春

爆竹声中一元复始
改革路上万马争先

爆竹数声花明柳媚
春风一度雪化冰融

爆竹声声急报千番喜
瑞雪纷纷轻引万象新

爆竹声声举杯畅饮团圆酒
灯火灿灿放眼遥看锦绣图

爆竹喧天一代河山光夏甸
桃符焕彩几家门第乐春台

爆竹乐九霄岁岁平安添百福
春风吹大地家家喜庆纳千祥

报国勇当摘星手
为民甘做孺子牛

北国南疆八方锦绣
东桃西桂四季芬芳

笔书福字悬门上
诗借春风入画中

笔走龙蛇挥写千张红喜报
人跨骏马奔驰一条好前程

碧海苍山玉宇
春风丽日神州

碧水温柔怀明月
青山豪放笑春风

碧海红霞光玉宇
东风旭日惠神州

碧桃丹桂探春色
甘雨和风兆丰年

碧浪千层春雨喜
清风十里稻花香

碧海泛金波时光正好
云天放异彩景色更新

碧野青田一方胜地收眼底
红楼绿树十里新城壮人间

比贡献夺丰收共驰千里马
赛雄心创高产更上一层楼

五 实用对联集锦

璧合金瓯神州焕彩
龙腾玉宇世纪更新

鞭炮声声报喜
红灯盏盏迎春

鞭炮齐鸣一元复始
笙簧迭奏万象更新

不违天道春常驻
善用人才国永兴

不是孝慈友恭更有何事可乐
只此谦和雍睦自然到处皆春

不唯上不唯书事事从实际出发
应为民应为党人人按准则要求

布谷催耕早
春风化雨新

布谷鸣春人勤物阜
瑞狮舞彩国富年丰

财如旭日腾云起
富似春潮带雨来

彩笔如花写就峥嵘岁月
春风似剪裁成锦绣河山

彩笔绘宏图人人英姿添异彩
春风吹大地家家欢乐庆新春

彩龙腾空雄狮拜地爆竹声声送旧岁
紫燕展翅绿柳吐丝红花朵朵迎新春

灿烂花灯光盛景
喧腾锣鼓颂丰年

沧海月明珠放彩
蓝田日暖玉生香

草长莺飞两岸阔
湖平风正一帆悬

长城内外惊天画卷
大江南北动地诗篇

长治久安百业俱兴开新宇
集思广益万众同心建中华

长江奔腾源远流长中华民族中华魂
黄河哺育山美水甜东方古国东方红

畅怀年大有
极目世同春

54

常思海外漂泊苦
备觉故乡岁月甜

晨风拂面扬帆去
暮色染舟踏浪归

潮来海角千帆动
春到渔船万尾鲜

乘一派春风展千秋画卷
起九州生气迈万里征程

乘万里风破万里浪万众同德万重艰险万重乐
有一分热发一分光一定珍惜一寸光阴一寸金

崇山西越沧海东临明月雄关犹想当年鼙鼓
晓色晴开春光漫度柳枝清笛还听今日笙歌

崇山峻岭长城叠起沧桑贯古今著就文明历史五千岁
彩羽彤云华夏腾飞改革惊中外谱成壮丽诗歌九万春

除旧布新明知注者非来者
掀天翻地始信今人胜古人

创成世间惊天业
谱写天地壮丽诗

除旧布新远近声声传捷报
扬长避短城乡处处沐春晖

创新者干事事兴业大
明白人当家家富国强

窗含春耕画图铁臂银锄翩翩舞
门迎丰收喜讯金珠玉粒滚滚来

春潮焕彩
锦鳞生辉

春风剪柳
喜鹊登梅

春为岁首
梅占花魁

春风化雨
政策归心

春风播绿
江山映红

春风新策马
晓日复腾龙

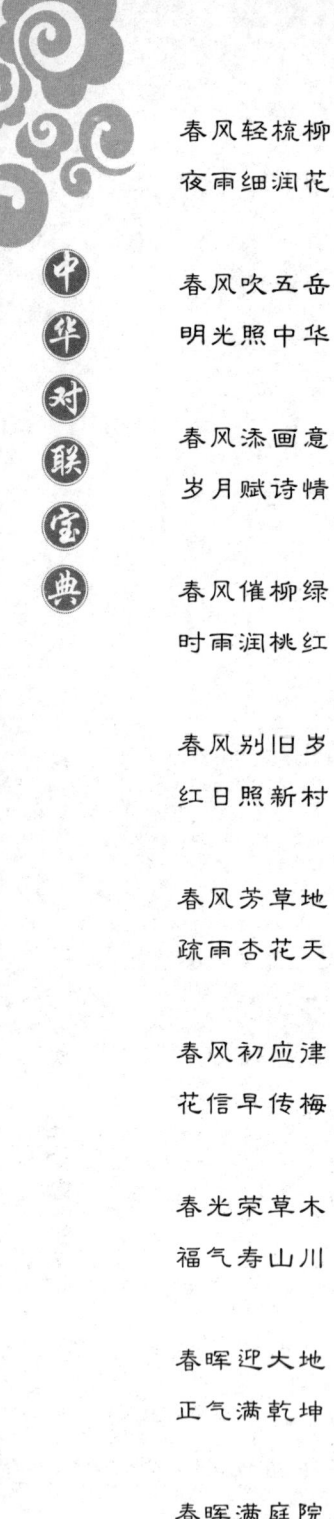

春风轻梳柳　　春明花富贵　　春种满田碧玉
夜雨细润花　　风静竹平安　　秋收遍野黄金

春风吹五岳　　春来花世界　　春种千山绿玉
明光照中华　　雪落玉乾坤　　秋收万顷黄金

春风添画意　　春暖桃吐艳　　春早满园吐秀
岁月赋诗情　　岁寒梅透春　　德行百世流芳

春风催柳绿　　春暖观龙变　　春暖风和日丽
时雨润桃红　　秋高听鹿鸣　　年丰物阜民欢

春风别旧岁　　春到碧桃树上　　春风鸟语花香
红日照新村　　莺歌绿柳窗前　　夜月琴韵书声

春风芳草地　　春到红鬃马上　　春驻笔花万朵
疏雨杏花天　　喜盈绿柳枝头　　云描淑景千番

春风初应津　　春到勤劳门第　　春光撒满大地
花信早传梅　　福临和睦人家　　彩霞映遍神州

春光荣草木　　春自红梅唤起　　春来花香鸟语
福气寿山川　　香从紫燕衔来　　福到人寿年丰

春晖迎大地　　春自寒梅报到　　春著笔花万朵
正气满乾坤　　年从瑞雪迎来　　泰蒸豹雾千层

春晖满庭院　　春播秋收门第　　春风吹发英雄树
欢笑溢门窗　　山欢水笑人家　　时雨浇开世纪花

春风有色能描画
细雨无声好润诗

春风得意花千里
丽日扬辉暖万家

春风一至千山绿
南燕双归万户春

春风大雅能容物
秋水文章不染尘

春风似仙姬奏乐
飞雪如天女散花

春风放胆来梳柳
夜雨瞒人去润花

春风又绿芳原草
时雨全青沃野苗

春风细剪池边柳
旭日浓妆岭上梅

春风送暖先舒柳
天意驱寒早放梅

春风送暖归杨柳
细雨飞红上碧桃

春风荡漾千丝柳
时雨催耕万顷田

春风堂上初来燕
细雨院落早开花

春风堂上初来燕
夯雨庭前新种花

春风掩映千门柳
暖雨新开一泾花

春风喜送千丝暖
旭日光生万户欢

春风晓日随流水
渔歌轻舟载锦鳞

春风催花花似锦
丹青绘景景更新

春风碧水双鸥静
旭日青山万马嘶

春风南国来新燕
旭日东方起大鹏

春风拂柳江山秀
细雨润花庭院红

春归绿柳红梅上
家在青山碧水间

春归柳梢鸟声响
花放梅枝生气浓

春归祖国春风暖
喜看侨乡喜气多

春意融融盈富户
财神款款到农家

春江水暖云追月
镜海波平水接天

春日寻芳骑骏马
国家思治用良才

春日春风春满院
燕歌燕舞燕临门

春入春天春不老
福临福地福无疆

春入门庭多秀色
瑞呈宇宙有光辉

春上枝头寒霜去
福降人间紫燕归

五　实用对联集锦

春光一片连天碧　　春到百花香满地　　春盈四海千山绿
笑脸千张映日红　　时来万事喜临门　　花漫九州万里红

春光满院莺鸣柳　　春到堂前添瑞气　　春情寄语千条柳
喜气盈门鹊登梅　　日临庭上起祥光　　世第流芳万卷书

春水多情花半露　　春色无边称禹甸　　春情寄语千条柳
东风足劲燕双飞　　世风有道胜尧天　　快马加鞭万里程

春至百花香满地　　春色不随流水去　　春寓枝头迎节日
节来万事喜盈门　　花香时送好风来　　乐在心中接丰年

春来日丽莺争啭　　春色掩映千门柳　　春联换尽千家旧
冬去雪消燕竞归　　碧波萦回十里花　　爆竹催开万象新

春来芳草依旧绿　　春花消息红梅报　　春落红梅香万树
时到梅花自然红　　芳草萌芽细雨催　　岁更爆竹响千门

春来喜著江山秀　　春雨多情醉大地　　春露含嫣泛紫气
节到欢吟宇宙新　　爆竹知音绽心花　　野花吐艳迎朝阳

春来也梅花吐秀　　春雨一篇苏子赋　　春和草木当庭秀
冬去矣桂子生香　　秋烟半壁米家山　　国泰山河映户新

春到千山万岭碧　　春和草木四时秀　　春和景明花富贵
风吹八桂百花红　　国泰田园五谷丰　　风调雨顺竹平安

春到红梅馨万户　　春盈四海风光美　　春明锦树舒红日
岁更爆竹响千村　　花满九州景色娇　　露润荆花映紫霞

春景重临增福运
世风好转振文明

春满乾坤来瑞鹤
花开锦绣照青松

春风送暖千山竞秀
红日生晖百鸟争鸣

春暖园中花笑艳
日融堤上柳含鲜

春运洽融春日永
阳和发育物华新

春雨春风桃红柳绿
新年新景虎啸龙腾

春暖花开迎丽日
人强马壮创丰年

春阳艳丽山河秀
国运兴隆日月新

春回大地百花争艳
日暖神州万物生晖

春临门户积雪化
福降人间老牛忙

春信方传南国草
东风又染北江梅

春燕剪柳春回大地
喜鹊登梅喜到人间

春临玉树新枝发
日映华堂紫燕安

春前有雨花开早
秋后无霜叶落迟

春满人间百花吐艳
福临小院四季长安

春融大地莺声脆
日照征途马步轻

春风浩荡花香柳翠
岁月峥嵘虎跃龙腾

春水无形大地自秀
东风有意旷野舒青

春拂嫩柳山村暖
雪点寒梅小院香

春风得意马驰千里
煦日扬辉光照万家

春风如意江山添锦绣
时雨顺心天地共长春

春风送春处处春色美
喜鹊报喜家家喜事多

春雨春风引万般春色
新年新岁开一代新风

春风劲吹壮乡千山秀
红日普照瑶寨万户欢

春到小康人家家家乐
喜至勤劳门户户户欢

春风化春雨普添春色
新岁树新风辈出新人

春归柳叶田园无限美
寒尽桃花山河分外娇

五 实用对联集锦

春风染沃野处处一片绿　　　春花岁岁更新青山不老
喜报铺新途年年满堂红　　　时序年年除旧淑景长存

春风催旧岁华夏百花艳　　　春风送暖千山披彩千山美
瑞雪兆丰年神州万象新　　　红日临空万水扬波万水欢

春雨多情灌醉千重麦浪　　　春回大地春光好春荣万物
汽笛高声催开万朵心花　　　福降人间福气浓福照千秋

春雨润春光九州歌盛世　　　春到人间红雨随心翻作浪
喜鹊传喜讯四海庆升平　　　花开垅上荒山无处不成田

春日融融万树繁花竞放　　　春满人间人间处处映春色
红旗猎猎千骑骏马争先　　　光照神州神州煦煦放光华

春联红人心暖笑声朗朗　　　春暖风和紫燕穿柏诗里画
鞭炮鸣民意顺歌舞翩翩　　　秋高气爽黄莺颂柳画中诗

春华秋实如诗诗中隐画　　　春光宝贵一分半秒莫虚度
水秀山明似画画里藏诗　　　道路崎岖万水千山只等闲

春满河山楚地梅红更早　　　春山春水春意浓春色醉我
天移岁月江城柳绿尤先　　　新天新地新景象新风宜人

春满中州处处民殷地富　　　春雷鸣大地五湖四海春意闹
霞飞北国村村鸟语花香　　　红霞映神州万水千山红旗飘

春霜降大地有情迎盛世　　　春色宜人人人讴歌太平盛世
瑞雪舞苍穹着意报丰年　　　彩图盈幅幅幅描绘锦绣河山

春归三山五岳万象更新现代化
福临四面八方千舟载满幸福歌

春光照四海四海大地皆春春常在
佳节临九州九州方圆同乐乐无穷

春光明媚姹紫嫣红环水枝头春意闹
国运昌荣河清海晏九州寰内国威高

春风春雨春意盎然江山万里披锦绣
人和人乐人面桃花伟业千秋传颂歌

辞岁红梅开红瓣
迎春新俗倡新风

辞旧岁草原披绿
贺新春马额标红

辞旧岁合力山成玉
庆新春同心土变金

辞旧岁共饮幸福酒
迎新春齐绘吉祥图

辞旧岁喜看江山秀美
迎新春展望前程远大

辞旧岁大江南北皆春色
迎新春长城内外尽朝晖

辞旧岁迎新春百花争艳
庆丰年贺高产五谷飘香

辞旧岁喜丰收共饮庆功酒
迎新春看美景齐唱幸福歌

翠柳摇风喧千林翠鸟
红梅映日吐万树红霞

翠柏苍松装点神州千岭绿
朝霞夕照染就江山万里红

翠竹青松万里山河皆春色
红霞丽日九州天宇尽朝晖

村村富裕家家欢乐
年年称心岁岁丰登

五 实用对联集锦

存海阔天空之志
养先忧后乐之心

大有作为新日月
无边春色好河山

大地山川生笔底
九州人物上毫端

大地有时皆丽日
人间无处不春风

大地山河鲜似锦
高天日月丽如虹

大地春回添锦绣
江山雪后倍妖娆

大地春光红艳艳
神州佳节乐陶陶

大江南北映红日
长城内外尽朝晖

大道扬鞭驰骏马
高天振翼展雄才

大地播春光山青水绿
神州增秀色万紫千红

大江南北前进脚步紧
长城内外奋斗歌声高

大地回春万里东风绽桃李
春风送暖千村好景话桑麻

大地回春锦绣山河添新貌
万象更新风流人物数今朝

大象承乾处处春光寒转暖
三阳开泰年年淑景去还来

大地不老且将一杯美酒劝大地
神州永年喜看漫天瑞雪舞神州

大造本无私任柳绿桃红平分春色
波苍非有意听莺啼燕语齐奏新声

大地回春万里河山添锦绣共庆国强家富
普天旭日一堂芝兰兆升平同歌人寿年丰

丹凤来仪人寿年丰新岁月
春风送暖梅开雪映好山河

但喜新年日暖风和无俗事
欲寻旧隐花明鸟语一般春

当仁不让仁人让
见义勇为义士为

党纪国法金科玉津
群情民意铁壁铜墙

党心民心心心相印
国事家事事事称心

党清国盛泽及万代
风正人和福降千家

荡荡乾坤不老
昭昭日月生辉

荡荡春风苏万物
霏霏细雨润群芳

得意春风苏万物
及时甘雨奋群英

德政仁声传万代
宏图伟业耀千秋

登堂喜进延龄酒
绕膝欢分压岁钱

笛弄梅花调
莺歌杨柳风

地旺人勤山献宝
春浓日暖土生辉

地献粮棉山献宝
民增福寿国增强

地领春风花世界
天赠瑞雪玉乾坤

地辟康庄无注不利
车同轨辙到处咸宜

迭篆清香辉栋宇
一帘春色映梅花

东风一过千层绿
南燕双飞万户春

东风吹奏阳春曲
瑞雪润开大有年

东风送暖家家暖
瑞雪迎春处处春

五 实用对联集锦

东风吹暖英雄门第
喜报映红光荣人家

冬去易生吉祥草
春来多种富贵花

东西南北八方永泰
春夏秋冬四季平安

冬去山川齐秀丽
春来桃李共芬芳

东风得意染山河锦绣
日月知心织云霓绮霞

冬去堂前迎紫燕
春来枝上舞黄莺

东风欲晓紫光临大地
万象回春生气满乾坤

冬去红梅笑飞雪
春来绿柳舞和风

东风浩荡大江南北皆春色
旭日东升长城内外尽朝晖

冬去神州千树茂
春来祖国万家红

东风劲吹老树新枝齐竞秀
阳光普照嫣红姹紫尽争春

冬雪欲白千里草
春晖又红万丛花

东风得意任重途遥千里路
化雨滋生山欢水笑九州春

冬寒宜饮梅花酒
春暖早折杨柳枝

东风浩荡穷乡僻壤皆生色
春雨淋漓废井颓垣亦刷新

冬去春来千条杨柳迎春绿
民安国泰万里河山映日红

东南西北中齐促祖国快发展
农林牧副渔共庆行业大丰收

冬雪化处日耀松柏千峰翠
春燕来时风拂桃李满园香

冬去犹留诗意在
春来身入画图中

多种经营四路进宝
全面发展八方生财

多娇江山脱素呈红春花烂漫
伟大祖国布新除旧岁月欣荣

堆金积玉无双富
纳宝藏珍第一家

儿孝媳贤福添寿
家和邻睦喜增欢

发奋图强山河换新貌
治穷致富神州展宏图

发奋图强今朝万方喜庆
登高望远前途一片光明

发家无巧勤劳为根本
致富有道科技做靠山

发展多种经营财源茂盛
大搞科学种田五谷丰登

发扬谦虚谨慎优良传统
坚持实事求是科学精神

法制治国家家安居乐业
政策得心人人满面春风

法治安民田增五谷人增寿
政策顺意春满九州福满门

芳草春回依旧绿
梅花时到自然香

芳草先知喜报春归大地
梅花初绽欣观绿化满山

方针得人心有山皆绿
政策符民意无地不春

放眼瞧满面春风满面笑
抬头望一天云锦一天霞

放眼量千秋伟业垂青史
展翅飞万里晴空衬彩霞

飞雪喜送贺年帖
春风笑吟祝福诗

飞雪伴梅无逊色
新春跃马有健蹄

风光逐时好
春色一番新

风助飞雪舞
诗伴落梅吟

风光行处好
春色望中新

风来花自舞
春至鸟能言

风度竹流韵
马驰春作声

风暖鸟声碎　　　　风尘一路蹄花碎　　　　风飘嫩柳群山暖
日高花影重　　　　爆竹千家喜气浓　　　　雪点寒梅小院香

风景这边独好　　　　风吹绿柳千门晓　　　　风光无限春色知众意
江山如此多娇　　　　雨润红梅万象新　　　　天地有情政策暖民心

风正江山吐秀　　　　风和日丽花争笑　　　　风过雨后万壑千山美
心齐国运昌隆　　　　水绿山青鸟竞歌　　　　冬去春来五湖四海新

风清流水当门转　　　　风光胜旧春满目　　　　丰收捷报全家笑
春暖飞花隔岸来　　　　岁序更新喜盈门　　　　富裕消息满眼春

风平浪静扬帆去　　　　风吹稻麦舞金浪　　　　凤翥龙翔吟盛世
鱼跃人欢把棹归　　　　日照棉麻闪银光　　　　莺歌燕舞咏阳春

凤舞龙飞玉笛金筝消永昼　　　　福禄寿三星拱照
灯红酒绿火树银花不夜天　　　　天地人一体同春

芙蓉国里农家乐　　　　福星高照长空溢彩
杨柳林中稻谷香　　　　万事亨通大地流金

芙蓉国里春风暖　　　　福光高照花红柳绿春不老
杨柳枝头玉露香　　　　乐事亨通物阜家丰岁常新

福气降临全家福　　　　俯首低吟百年诗赋萦头脑
春光辉映满堂春　　　　高瞻远瞩万里风云入壮怀

福伴朝阳蒸蒸上　　　　富如旭日腾云起
喜随春水滚滚来　　　　财似春潮顺风来

富国兴家一元复始
改天换地万象更新

富源常开勤俭通富路
春光永驻改革报春华

改革潮涌新元启
致富龙腾泰运来

改革有成宏图似锦
春风得意健步如飞

改革创新兴家兴业
安定团结利国利民

改革新花开遍三山五岳
文明硕果结满万户千家

甘露无声绣出千红万紫
阳春有脚送来十雨五风

高扬时代主旋津
妙绘神州新画图

高歌大治神州业
勇迈小康世纪程

高楼拔地风光秀丽惊鬼斧
新桥接天景色壮美夺天工

革故鼎新三春添锦绣
扬鞭策马四海展宏图

歌声笑声鞭炮声声声悦耳
家事国事天下事事事关心

敲锣打鼓鸣鞭鸣炮庆佳节
张灯结彩载歌载舞贺丰收

攻关当似下山虎
报国应如拉套牛

攻千重关心怀天下
读万卷书志在四方

宫梅映雪祥光蔼
堤柳迎阳淑气新

公羊传经司马记史
白虎德论雕龙文心

共喜春回大地
同歌福到人间

共和国明威扬远海
子弟兵浩气贯长虹

古柳荫中来走马
好花深处有鸣禽

五　实用对联集锦

鼓乐齐鸣四海欢腾迎佳节
华灯怒放神州锦绣喜繁荣

挂红灯千城万镇恭贺新禧
放爆竹万户千家吉庆有余

光荣门第春光艳
烈士家庭绿草香

光荣灯照光荣匾
幸福花开幸福家

光荣人家门庭凝瑞
英雄宅第满院生辉

光荣门第喜挂光荣匾
幸福人家常开幸福花

归矣风云皮输羊五
斐然文采腋集狐千

国富星辰耀彩
政清日月生辉

国强因教育为首
民富以科学领先

国泰民安歌盛世
人寿年丰庆新春

国富民强逢盛世
花开春暖正阳春

国施善政人人乐
民树新风处处春

国逢安定百年好
时际芳春万象新

国有鸿恩春日永
家传仁德福星明

国事升平山河壮丽
春风浩荡草木芳菲

国正芳年家图大业
人辞旧岁民盼小康

国事和平一家团聚
春光浩荡四境安宁

国泰民安四季发财
风调雨顺五谷丰登

国计民生全凭新政
年丰物阜有赖良谋

国兴旺年年风调雨顺
民有幸岁岁人寿年丰

国泰民安众星朝北斗
风和日丽百鸟向南枝

好趁春风抒壮志
相随丽日展宏图

国策英明春意随人意
前程灿烂民心伴党心

好鸟知时歌美景
良驹接岁创新图

国富民乐山河呈瑞气
政通人和日月耀春晖

好景有望几枝梅似雪
丰年先兆千顷稼如云

国兴旺家兴旺国家兴旺
老平安少平安老少平安

好花流芳千秋古道千秋好
香泉喷暖万里新村万里香

国事日上更应珍惜安定团结局面
经济向好仍须发扬艰苦奋斗精神

浩荡神州河山铺锦绣
峥嵘岁月人物竞风流

海上渔歌随浪涌
岸边喜气逐春来

浩然华夏一幅兴邦画
伟哉神州万首创业诗

海峡千帆朝故里
春风万里共婵娟

和平世纪多元化
富庶神川一统天

海纳百川呈瑞彩
天开万里醉春风

和气盈门迎瑞气
春光满眼映祥光

寒梅竞报新春到
爆竹频催财神来

和煦艳阳千顷绿
浩荡东风万木苏

寒去矣天开生人路
春来也地涌放花时

和气自生君子室
春光先到好人家

五 实用对联集锦

和风融融拂千里
丽日杲杲映百川

河山万里日新月异
神州十亿笑逐颜开

和气生财加倍利
公平交易万贯金

贺岁欢欣歌大治
扬鞭奋发展宏猷

和风吹绿野人勤春早
祥云吐细雨物阜年丰

鹤发红颜人人自乐
青山绿水处处皆春

红日千秋照
神州万载春

红点桃花嫩
青描柳色新

红梅傲雪花尤俏
翠柏耐寒叶更繁

红日照绿柳
白雪映红梅

红梅铮骨傲雪
桃李笑颜迎春

红梅翠柳妆春色
赤兔青骝跃画图

红梅传喜讯
绿柳舞东风

红梅雪映千山笑
碧野牛耕五谷香

红杏枝头春意闹
绿杨烟外晓云轻

红梅报春早
喜鹊登枝高

红梅献瑞千门富
快马加鞭一路春

红杏枝头流春意
金鸡啼处报佳音

红梅香庭院
绿柳舞春风

红梅一枝报春晓
彩灯万盏照年华

红叶满林花著雨
翠光摇户柳含烟

红梅迎雪放
玉兔报春归

红梅乍绽知春早
白雪初融兆岁丰

红染重枝莺对唱
碧垂曲水色平分

红花香千里
春风暖万家

红梅斗雪祥光满
绿柳迎阳淑气新

红旗指引康庄道
祖国笑迎改革春

红梅点点和风来塞北
春意融融紫气绕江南

红梅争艳飞雪迎春到
万象更新心潮逐浪高

红日无私任万家分暖
阳春有意催百卉争荣

红日喷霞处处添画意
春风化雨点点动诗情

红旗舞东风五湖泛彩
丰年兆瑞雪四海同春

红梅花艳飞雪迎春到
碧水波宽心潮逐浪高

红旗如画风景这边独好
前程似锦江山如此多娇

红日彤云纵横物与天然美
丰年足岁俯仰人随国步新

洪范五福先言富
大学十章半理财

宏图一展惊中外
大计百年震古今

唤醒春风拂面
迎来正气舒心

火树银花明盛世
龙腾狮舞闹新春

虎跃龙腾创人间奇迹
花香鸟语描大地春光

虎跃龙腾碧海苍山光玉宇
莺歌燕舞春风旭日灿神州

虎跃龙腾一代英雄造时势
山明水秀万里春色泛桃花

虎行雪地梅花五
鹤立沙洲竹叶三

户对青山花果缀树
门含绿水鱼藕满塘

户户家家年年富富裕裕
男男女女时时乐乐欢欢

花开富贵
竹报平安

花肥春雨润
竹瘦晚风疏

花里清歌春载酒
琴中流水静留宾

花迎喜气
鸟唱春光

花发满城锦绣
春生大地文章

花锦堆红香燕垒
柳丝回韵织莺帘

花迎旭日
马跃前程

花开富贵年年秀
灯照吉祥岁岁明

花放四时呈秀色
马驰万里报佳音

花映旭日
人奔前途

花气袭人知昼暖
鹊声穿树喜春晴

花木有情迎我笑
江山会意接春回

花开香邻里
家睦乐亲人

花因幸福也含笑
鸟为丰收亦高歌

花能解语迎人笑
草不知名随雨生

花开天下景
马跃人间春

花发门前春色俏
柳临江上惠风和

花香鸟语人勤春早
日丽风和民乐年丰

花开群芳谱
人喜丰收年

花迎喜气皆如笑
鸟语欢声亦解歌

花果飘香桑麻挺秀
牛羊肥壮稻菽丰盈

花香春正好
燕语日初长

花动一城春娇俏
歌酣万户国太平

花木逢春花明似锦
人民有志人定胜天

花好月常圆人民同乐
根深叶又茂天地长春

花团锦簇江山添异彩
虎啸龙吟华夏震神威

花团锦簇千门万户添喜气
鹰飞鱼跃赤县神州展宏图

花柳展新姿五光十色春园丽
山河放异彩万紫千红气象新

华屋辉生壁
春山绿到门

华夏年年开骏业
新春处处祝鸿禧

华夏年年腾骏业
新春岁岁展宏猷

华夏五千年经天纬地文明史
阳春三万里足食丰衣幸福家

化雨春风开柳眼
登枝喜鹊动梅心

化日舒长莺语巧
春风送远马蹄急

化日舒长莺语巧
春风得意马蹄轻

画里江山飞花点翠
枝头梅鹊斗艳争春

画栋连云燕子重来应觉异
笙歌遍地春光长驻不忍归

画里有人家落日牛羊来古道
阁中思帝子故苑花草漫荒台

欢炮声声报喜
红联对对迎春

欢度新年家家彩灯艳
喜逢盛世户户春酒香

换旧符欢呼祖国瞳瞳日
开新宇喜看神州处处春

黄酒童鸡风味
白头老妪生涯

挥巨笔谱写千秋创业史
树雄心描绘万代幸福图

回首百年风云气壮
放怀千载事业心雄

五 实用对联集锦

会遇群贤清流趣永
时当乐岁化日春长

会管理善经营致富还靠政策
沐朝阳沾雨露丰收须报国家

货殖共推瑚琏器
鱼盐同仰庙廊猷

货殖成书传古史
陶朱乐业自春秋

节日人人共乐
江山处处皆春

营花铺出富裕路
汗水汇成幸福泉

捷报随雪飞梅上
蹄花染香到春前

鸡唱三声春满野
梅开万户喜盈门

鸡安犬宁人康泰
雨顺风调岁稔丰

吉祥有喜
富贵长春

吉地祥光开泰运
重门旭日耀阳春

吉祥在户人增寿
道德传家福满门

吉祥草发亲仁里
富贵花开画锦堂

吉星高照安吉第
福曜常临幸福家

几声柳笛飘牛背
无际草原跃马蹄

几点梅花添逸兴
数声鸟语助吟怀

计利须思天下利
求财勿取法外财

佳苑春风辉翰墨
重门瑞色沐恩光

佳节良宵团圆席上观明月
天涯新岁海客床前忆故乡

佳节佳期佳酒千杯酬佳友
新人新事新风百转谢新宾

家祥世衍无疆庆　　　　　家有聚宝盆招财进宝
国泰天开不老春　　　　　院栽摇钱树致富生钱

家庭和睦事事如意　　　　家家户户处处干干净净
老幼健康岁岁平安　　　　事事时时人人健健康康

家家户户欢欢喜喜　　　　家福国福天下福福福同享
水水山山秀秀青青　　　　笑声歌声鞭炮声声声齐鸣

家家喜贴春联副副春联抒壮志
个个争放花炮声声花炮振豪情

江山不老　　　　江山万里如画　　　江山喜酿迎春酒
日月长春　　　　门户四时皆春　　　莺燕争鸣祝福歌

江山如画　　　　江山春色如画　　　江山锦绣诗中画
大地皆春　　　　祖国前程似锦　　　骏马奔腾路上春

江山千古秀　　　江山如此多娇　　　江山五色三千里
花木四时春　　　风景这边独好　　　诗酒一席十万家

江山无限好　　　江山盛世春风里　　江山秀丽地呈美景
祖国万年春　　　日月新天画图中　　华夏腾飞龙有传人

江山皆入画　　　江山一统腾龙日
春色总宜人　　　岁月三春入虎年

江山如此多娇飞雪迎春到
风景这边独好心潮逐浪高

江南铺绣绿水弹琴有景有情皆入画
塞北织锦青山叠翠无时无地不放歌

阶前春色迎人笑　　金鸡一唱千门晓　　金光大道人催马
窗外梅花焕物华　　绿柳千条四海春　　黄土田间牛犁春

阶前风暖泾外花艳　金鸡晓唱千家喜　　金风入树千门晓
北辙梅启东涧柳舒　白鹭晨飞万户春　　银汉横空万象清

金鸡唱晓千山翠　　金鸡争鸣春意闹　　金樽玉粟千门秀
喜鹊登枝万户春　　红梅怒放喜讯传　　绿树红楼万户春

金鸡啼处升红日　　金鸡啼抬头见喜　　金鼓催春春意闹
绿水流时涌春光　　春风吹举步生辉　　宏图映日日光华

金鸡唱出小康景　　金戈铁马英雄第　　金针绣出九州锦
玉犬迎来大有年　　卫国保疆战士家　　彩树联成四季诗

金灿星辉东风传喜讯　　　锦绣河山牛马壮
湖光山色大地播春晖　　　升平世界犬羊肥

金鸡报晓共唱天下春色美　锦绣河山党肇尧天新运
黄龙新跃喜看中华气势雄　弦歌夏甸民欣舜日清平

锦绣春光临大地　　　　　经营不让陶朱富
光荣红榜照门庭　　　　　贸易常存管鲍风

兢兢业业朝朝暮暮
欢欢喜喜岁岁年年

兢兢业业为人民服务
老老实实向群众学习

精耕细作丰收岁
勤俭持家有余年

景美年丰国瑞
春新日丽人欢

景是仙鸾描出画
形为天马负来图

聚宝藏珍凝瑞气
兴家创业起春潮

借得梅花十度意
嫁给春色一缕情

近水楼台先得月
向阳花木早逢春

降雪无声乾坤一夜玉
安邦有继祖国万年春

酒泛新春绿
梅开隔岁红

酒祝丰年康泰日
鸟传大地吉祥春

举国英豪开盛纪
中天丽日庆长春

举金杯和天地共饮辞岁酒
吹玉笛与日月同唱迎春歌

军属门上光荣匾
战士胸前英雄花

军属门庭门结彩
文明院落院生辉

军民一家铁壁长城千里固
党政协力锦绣江山万年春

骏马秋风蓟北
杏花春雨江南

骏马飞驰传千家喜讯
牧歌飘荡送万里春风

开卷书香久
迎春鸟语新

开春迎紫燕
敬业效黄牛

五 实用对联集锦

开创千秋大业　　　　　　靠政策致富家家金流玉汩
绘成万里宏图　　　　　　凭科学发家户户囤满仓实

开源引出千顷水　　　　　科技兴农鹏展翼
节流汇成万里波　　　　　人才落户锦添花

开门见喜财源广　　　　　科技腾飞龙破壁
举手迎新福泽深　　　　　财经发展锦添花

开门迎春春风扑面　　　　克勤克俭劳动人民本色
抬头见喜喜报盈楣　　　　任劳任怨革命干部作风

开发财源携民臻富　　　　跨入辉煌新世纪
唯才是举为国进贤　　　　迎来锦乡好年华

开拓新程云鹏展翅　　　　快马加鞭争时刻
振兴华夏天骥骋才　　　　壮志凌云写春秋

凯歌阵阵玉门已过千里马　腊尽春回风传喜讯
鼓角声声泰岱又登带头羊　人欢马叫雪兆丰年

看祖国江山如画　　　　　腊尽春浓山村添喜气
喜神州绿野同春　　　　　牛肥马壮门户沐春风

看旖旎春光重新日月　　　劳动人家春永驻
喜风流人物大展宏图　　　炎黄儿女福无边

看人间风调雨顺皆因政策好　劳武结合常备不懈
通民意山青水秀全靠路线端　军民团结鱼水相连

老梅傲雪烂漫
嫩柳迎春多姿

老鞭破土抽新笋
时燕衔泥入旧家

老骥犹存千里志
巨龙更上一重天

老骥伏枥千里志
短锥处囊半寸锋

老老少少话古今巨变
家家户户乐万象更新

老骥伏枥退休续谱夕阳曲
苍松傲雪余生再唱春日歌

乐享升平安居盛世
风拂绿柳雪绽红梅

乐奏小康人迎新禧
年歌大有春暖故乡

乐事无边万户福星高照
太平有象一天瑞雪纷飞

犁刀如剪裁就田园春色
锄头似笔写出富裕新篇

立壮志为江山添锦绣
争朝夕与日月竞光辉

立山巅岩石八方风云收眼底
听耳畔松涛万家忧乐在心头

丽日耀千里飞花竞秀
东风催万民捷报增辉

丽日蓝天万树繁花争早放
红旗大道千骑骏马着先鞭

历史长河浪打浪后浪推前浪
人生岁月年复年今年胜去年

帘卷三冬雪
窗含万里春

两岸红梅燃古意
一堤绿柳寄春思

烈士精神人人敬仰
革命传统代代相传

烈士家庭万民尊敬
革命英雄百世流芳

林木成荫无山不绿
沟渠结网有水皆清

五　实用对联集锦

麟舞祥院人财旺
凤踞高门事业兴

柳眼才舒芳草地
桃腮正晕碧云天

临春境描春景风光似画
迎华年写华联翰墨生辉

柳眼桃腮舒化日
莺歌燕舞闹春风

柳色年年相似
世态岁岁更新

柳絮凝烟风景千年留客赏
春潮带雨画图一幅任人描

龙腾虎跃
燕舞莺歌

龙翔吟盛世
燕舞咏阳春

龙鸾炳文神州焕彩
鸿鹏展翅华夏腾飞

龙吟虎啸
腊尽春归

龙吟春正好
燕语日初长

龙启吉祥云蒸霞蔚
花开富贵人寿年丰

龙飞凤舞
月满春盈

龙舞辉华夏
燕歌报早春

龙腾云海凤翔天宇
春满江山花漫神州

龙吟国瑞
虎啸年丰

龙自海中跃起
凤从天上飞来

龙的传人扬眉吐气
春之使者傲雪朝阳

龙口吐春水
农家敛福音

龙腾华夏开新运
鹊上枝头报好音

龙飞腾捷报传四海
虎生翼奇迹扬五洲

龙飞逢泰运
兴业兆丰财

龙盘家内人财旺
凤舞门前事业兴

龙飞凤舞万里蓝天春晖无限
人欢马叫九州大地气象万千

露气春霖月华秋水
晴光淑景芳草远山

绿柳舒眉观新岁
红桃开口笑丰年

绿柳摇风燕织锦
红桃沐雨牛耕春

绿竹常留四时景
金鸡报来万家春

绿满林区千山滴翠
春临茶岭万里飘香

绿染千畴挥锄夺宝
春临四海洒汗成金

绿树红楼千村笑语千村富
蓝天碧野一路春风一路歌

绿绕门前鲤戏碧水留余韵
青垂屋后果缀新枝播远香

绿野展门前喜看丰收歌盛世
春水接天长一网收来鱼满舱

处事先须胸襟阔
治家应教子孙贤

锣鼓喧天共奏新春妙曲
风雷动地同抒大业豪情

锣鼓喧天处处春风报喜讯
彩旗映日家家美酒贺丰年

马蹄溅朝露
牧歌染流云

马思边草拳毛动
雕盼青云睡眼开

马蹄得意奔新路
鹊语随心报好音

满园春色花含笑
两岸和风柳暗舒

满天春色有山皆点翠
遍地新装无树不飞花

漫将柳风编图案
乐把杏雨绘画轴

芒草满园吐秀
群英遍地生辉

莽莽神州春色春光春意美
巍巍祖国新风新事新人多

贸易术原师管子
经营富不让陶朱

五 实用对联集锦

梅香催腊去
燕翅携春来

梅花一笑百花醒
布谷三声五谷香

梅红塞北满天彩
柳绿江南遍地春

梅绽春风近
柳摇笑语浓

梅花伴雪思争俏
竹笋逢春敢冒尖

梅含秀色三江碧
柳拂朝阳四海春

梅开花世界
雪落玉乾坤

梅花欲待歌前发
兰气先迎酒上来

梅迎春意染新色
鸟借东风传好音

梅花含白玉
柳色吐黄金

梅花光映千门晓
竹叶香浮万户春

梅带寒冬成旧岁
酒飘香味入新春

梅花喜瑞雪
芳草迎春晖

梅花树上春风暖
桂子丛中时雨新

梅艳冰融人间增岁
风和日丽天下皆春

梅花传雅韵
瑶草寄幽心

梅花有识迎春早
柳絮无心报节迟

梅柳渡江乾坤增色
骅骝开道岁月更新

梅报九州春色
旗开一代风流

梅竹千声歌盛世
花灯万点报新春

梅花点点笑迎丰收岁
爆竹声声欢歌大治年

梅萼先传信至
桃符新换春来

梅竹平安春意满
椿萱荣茂寿源长

梅开五瓣浓抹三阳景
竹报三多淡妆四季春

梅柳迎春万里东风绽桃李
椿萱含笑一轮红日暖桑榆

梅花朵朵含苞吐蕊迎春到
瑞雪片片漫野弥山兆丰年

梅花点春天迎接新岁换旧岁
瑞雪覆大地预兆来时胜往时

美名万里传功业　　门畔山青水秀　　门栽桃李延春暖
浩气千秋壮国威　　院中鸟语花香　　日驻桑榆爱晚晴

美酒伴君更岁序　　门迎吉庆家声远　　门外碧潭春洗马
梅花着意著春宵　　满室荣华世泽长　　楼前红烛夜迎人

每思祖国金汤固　　门上桃符浮瑞气　　门畔春色迎年秀
常忆英雄铁甲寒　　宅前爆竹贺新年　　马前征途映眼新

门户开春景　　门前嫩柳沾春露　　门垂五株先生柳
江山入画图　　院里好花带月香　　香满一池君子花

门对千山秀　　门外奇花饶有锦　　门迎绿水荷藕满塘
心怀万木春　　庭前瑞草总迎春　　万顷麦浪有地皆春

门对千山牛羊群群嬉碧毯　　面壁十年常敲着晨钟暮鼓
窗含绿水鸭鹅队队戏银波　　阳春三月倒听些竹笛山歌

描绘中华特色　　民族正气山川增色
放飞大地春光　　功臣喜报门第生辉

妙手描山绣水　　民主富强神州更近中兴日
雄心强国富民　　和平发展寰宇又奔新纪元

五　实用对联集锦

民心党心军心同心实现宏图
人力物力智力协力建设小康

明月弄影花润色
春风扬声鸟知音

莫畏行路难万众同心攀顶
树立移山志一鼓作气闯关

牡丹朵朵开富贵
紫燕声声唱阳春

沐东风大地百花吐艳
浴朝晖山林万木争荣

南燕双飞三泾闹
东风一笑百花开

南山玉凤传珍宝
北海金龙送福财

南湖春色浮天地
东岱青岚入画图

南疆雨北国风风调雨顺
东海龙西山凤凤舞龙飞

南国好风光百鸟争鸣花似锦
中华多俊杰群英奋发气如虹

男儿报国戎马镇守边关
壮士精忠挥戈驰战疆场

囊括人才广证信息兴邦操胜算
争夺时间注意效益富国有良谋

能者当家家门富
科学生产产量高

能受苦方为志士
肯吃亏不是痴人

年年过年年年好
月月赏月月月圆

年年迎春春常在
岁岁祝福福满门

年丰人寿福音盛
水绿山青春景长

年瑞人欢花解语
春融蝶舞鸟知音

年得丰盛家家富
民思安定日日兴

年丰人寿福如海
柳暗花明春似潮

年年过年年年不虚度
岁岁辞岁岁岁莫蹉跎

年复年年年花香鸟语
岁又岁岁岁人寿年丰

年年增收莫忘克勤克俭
节节胜利切须戒躁戒骄

年年腾跃一江春水重重浪
岁岁攀登百尺竿头节节高

年年迎春年年添福年年乐
岁岁丰收岁岁有余岁岁欢

年年进宝年年添福年年乐
岁岁招财岁岁有余岁岁欢

鸟韵入帘春正早
花香浮动日初长

鸟语花香观神州秀色
龙吟虎啸看华夏腾飞

鸟道幽幽云至岸边涌出
羊肠曲曲路从天外飞来

牛壮猪肥六畜旺
林茂粮丰五业兴

牛羊过溪水云起
禽鸟在树山花开

牛耕沃野层层绿
鹊闹红梅朵朵香

牛羊并壮猪盈圈
鸡鸭成群鱼满塘

牛骊猪羊六畜旺
荷花菱藕一池鲜

农户逢春春似锦
科学致富富盈门

农林牧副渔业业兴旺
油盐柴米布样样有余

农家皆喜气醇酒清香飘户外
山寨尽春晖蜡梅傲雪仰枝头

暖暖春风染绿千里沃野
洋洋喜气充盈万户人家

暖雨迷蒙擐镐开山齐植树
春风飘拂扶犁耕野竞分秧

盼春迎春处处春春光永驻
念富致富家家富富水长流

平安竹报全家庆
富贵花开满室春

五 实用对联集锦

破浪乘风送君千里　　　　　前程绚丽似锦
浮槎泛海涉波五湖　　　　　好景明媚如春

破旧观念改旧法规旧岁送旧　　乾坤日月祥光照
创新局面上新台阶新年迎新　　龙虎风云瑞气生

旗展五星辉玉宇　　　　　　乾转坤旋改变一穷二白
国行两制树丰碑　　　　　　寒消春到迎来万紫千红

齐策战马迎新岁　　　　　　敲锣打鼓鸣鞭鸣炮庆佳节
满斟美酒贺丰年　　　　　　张灯结彩载歌载舞贺丰收

奇策胜陶朱妙术　　　　　　侨乡春日暖
厚生运端木良谋　　　　　　海外福星辉

气象一新开利市　　　　　　翘首望京华多谢春风常送暖
财源殊道展宏图　　　　　　深情连海宇且凭红豆寄相思

勤俭人家先致富　　青山有墨千秋画　　青春有限志无限
向阳花木早逢春　　绿水无弦万古琴　　岁月无情人有情

勤劳儿女财源盛　　青山不语花含笑　　晴空好展腾飞翅
和睦家庭福泽长　　流水无声鸟作歌　　妙笔齐书改革篇

勤与俭治家妙策　　青山绿水风云静　　晴空好展青云翅
忍且和处世良谋　　碧海蓝天日月明　　重彩难描赤县天

青山四面景　　　　青松别具三分景　　庆新春年年如意
绿柳万家春　　　　红梅报来万家春　　辞旧岁月月平安

庆佳节思亲一曲寄深情　　　犬卧阶眠知地暖
沐春风海峡两岸盼团圆　　　鸟临窗语报天晴

庆胜利张灯结彩千门乐　　　鹊闹红梅村村传捷报
迎新春捷报频传万户歌　　　童嬉绿野处处闻笙歌

庆新年千家万户贴红对　　　群英跃马喜看当今富强景
点春景五岳三山披绿装　　　盛世同春乐享小康幸福年

人登寿域　　　人欢马叫春早　　　人逢盛世抒雄志
世跻春台　　　雨顺风调年丰　　　梅送清香报早春

人逢盛世　　　人寿年丰福满　　　人逢盛世豪情壮
景遇丰年　　　花香鸟语春浓　　　节到新春喜气盈

人勤物阜　　　人有笑颜春不老　　人似桃花争织锦
地利民和　　　室存和气福无边　　春如碧海竞扬帆

人展鲲鹏志　　人杰地灵家计裕　　人添志气虎添翼
国呈龙虎姿　　物华天宝国基宏　　国庆富强民庆春

人享南山寿　　人物风流推此代　　人民气魄如龙虎
龙吟大地春　　江山锦绣看今朝　　祖国江山似画图

人随春意泰　　人逢盛世居栖稳　　人在征途阔步走
年共晓光新　　运际阳春气象新　　心向无景展翅飞

人民歌盛世　　人逢盛世精神爽　　人寿年丰新岁月
祖国庆长春　　岁转阳春气象新　　梅香雪瑞好春光

五　实用对联集锦

人和政善千家乐　　人强马壮康乐日　　人有笑颜春不老
国泰民安百业兴　　囤满仓盈富裕年　　室存和气福无边

人聚庭堂话春意　　人欢马叫升平世　　人面如花迎客笑
蝶舞门前戏梅花　　燕舞莺歌锦绣春　　春风似酒伴诗吟

人杰地灵气壮四海　　　　人杰地灵文明国度数千载
物华天宝春盈五湖　　　　水绿山秀璀璨人间几十春

人间传喜讯一元复始　　　人寿年丰江南塞北家家乐
大地发春华万木争荣　　　山青水秀天涯海角处处春

人寿年丰生活越来越好　　人人诚诚实实个个和和气气
莺歌燕舞春光如画如诗　　事事兢兢业业处处稳稳当当

日丽山河秀　　日新歌盛世　　日月光辉千里共
风和草木荣　　岁转庆丰年　　春风柔暖九州同

日月开新纪　　日丽风和人乐　　日照江山千载秀
田园入画图　　国强民富年丰　　春催祖国万年昌

日月恩光照　　日丽风和春浩荡　　日月光华歌复旦
乾坤喜气多　　花香鸟语物昭苏　　云霞灿烂乐长春

日月千秋照　　日暖千山蛇起舞　　日丽山河增秀色
江河万古流　　春融九域凤来翔　　风和大地播春晖

日月光华照　　日新月异鸡啼晓　　日暖风和催人起
乾坤春意浓　　岁吉年祥犬守门　　花香鸟唱庆春来

日出千山秀　　日新月异金鸡唱　　日映古柳浮新绿
花开万里香　　春暖花香溪水流　　春焕朝花吐娇红

日丽风和百花争艳
地灵人杰万众同欢

日融融浩荡东风新局面
风习习葱茏春色好河山

日月光昭数风流人物
春秋笔在歌盛世英雄

日丽风和山美水美风光美
年丰物阜人新事新时代新

日月经天忠烈流芳百代
江河行地英雄伟业千秋

入耳歌声不分童叟
满眼绮丽难辨城乡

日丽风和老骥岂甘伏枥
河清海晏大鹏得意凌空

入户闻家声礼乐诗书孝弟
卷帘看春色椿萱棠棣芝兰

瑞雪娇梅袅柳
新春美酒佳联

瑞雪无声润大地
春风有意拂神州

瑞雪纷飞满天喜气
凯歌高奏遍地春光

瑞日芝兰光早第
春风棠棣振家声

瑞雪频催红梅蕊
春风新发嫩柳枝

瑞雪飞神州多壮丽
爆竹响山河尽朝晖

瑞日祥光堆锦绣
山川春色尽春风

瑞气千条万众福
春风一度九州新

瑞雪飘飘丰年喜兆
蜡梅点点春节嘉祥

瑞气盈庭一门兴旺
甘霖沃野五谷丰登

瑞雪纷飞大地萌春意
东风浩荡神州跃巨龙

瑞日暖融山河似锦
东风浩荡大地皆春

瑞雪人家江山银万里
春风秀树原野绿千层

瑞雪伴青松江山如画
和风拂翠柳祖国皆春

瑞气满神州青山不老
春风拂大地绿水长流

瑞日高悬塞北江南皆暖　　瑞雪降庭前玉洁冰清春一色
东风浩荡天涯海角同春　　东风拂大地莺歌燕舞柳千条

瑞雪飘飘点缀寒梅枝上玉　　瑞雪片片兆丰年家家恭喜致富
和风习习吹开垂柳叶中金　　蜡梅点点报新春人人庆贺安康

瑞雪含春装点山河多锦绣　　扫地卧青牛石洞烟霞万古
雄鸡唱晓唤醒大地更妖娆　　吹箫翔白鹤蓬壶岁月千秋

山河似锦　　山河添秀色　　山舞银蛇春烂漫
岁月更新　　大地浴春晖　　路驰骏马景妖娆

山河壮丽　　山高半轮月　　山舞银蛇呈异彩
岁月峥嵘　　春晓一声鸣　　原驰蜡象换新装

山川竞秀　　山光悦虎性　　山舞银蛇尘垢净
物我皆新　　春色暖人心　　天嘘紫气彩云开

山村时雨润　　山碧千峰竞秀　　山铺瑞雪无墨画
水乡月正明　　水清百舸争流　　水沐春风有声诗

山水含春意　　山水有情皆着绿　　山川灵妙能长慧
风云入壮图　　城乡无处不飞红　　花木精神亦永年

山水含芳意　　山光生在有无处　　山河洗尽崎岖路
春风入画图　　春色始于新旧间　　日月重开彩瑞天

山青水秀九州如画
鸟语花香四季长春

山舞银蛇梅开北国
原驰骏马春报南疆

山明水秀处处皆春色
年丰岁余人人尽笑颜

山青水秀风光日日丽
人寿年丰喜事天天增

山欢水笑八方盈正气
物阜民康四海庆阳春

山乡柳绿桃红春意闹
农家稻花香里唱丰年

山欢水笑国情般般如意
长慈幼孝家事桩桩顺心

山明水秀旖旎春色来天地
励精图治建设宏图震古今

山舞银蛇北国风光无限美
云飞紫燕南方春色更多娇

上下几千年历史过客匆匆去
纵横数万里人民新天日日新

诗书满座风云起
老友一堂富贵春

社会繁荣臻大治
人民安乐庆升平

身勤生百巧
心正值千金

身展鲲鹏志向
心怀龙马精神

神州美景千年盛
华夏春光百载新

神州春晓普天同庆
前程似锦全家欣慰

生意兴隆通四海
财源茂盛达三江

时雨染成千里绿
春光不使一人闲

时雨点红桃万树
春风吹绿柳千条

时令值新春风和日丽
人民逢盛世面笑心欢

五　实用对联集锦

时人逢春希望已经破土
英雄报国壮志正欲凌云

时代好风光处处有好人好事
社会新气象天天谱新调新歌

史炳千秋昭国运
福联万代顺民心

世事文明春风入户
江山秀丽喜气盈门

事业有成人有志
春光无限福无边

事业繁荣门盈紫气
江山秀丽户绕春风

盛世祥云丽日
新春福气和风

盛世千秋伟业
神州万里春风

淑气满神州闻鸡起舞
春风吹大地跃马争先

淑景融融风恬雨霁天容净
芳时湛湛野旷川明水波光

疏柳摇曳农家院落添新绿
红杏热闹富裕门庭尽春风

孰谓犬能欺得虎
安知鱼不化为龙

鼠因仓固潜踪去
犬为世宁放胆眠

树展嫩枝春世界
门添新墨好时光

树吐嫩芽含秀意
党持德政著新篇

树雄心打开知识宝库
立壮志攀登科学高峰

树绿花红谷黄棉白田园景色美
鸡啼鸟转鱼跃人欢农村新气象

数声柳笛飘牛背
无际春光到田头

数点梅花添喜庆
几声爆竹道安详

数树红梅点响千家喜爆
一轮旭日迎来万户春光

双手茧花结出丰收果
一身汗水浇开幸福花

水流春光山流彩
人恋事业蝶恋花

水秀山青阳春有脚
年丰人寿幸福无边

水陆舟车四通八达
城乡客货纷至沓来

水笑山欢人勤春早年年好
花香鸟语国泰民安日日新

水木荣春晖柳外东风花外雨
江山留胜迹秦时明月汉时关

舜日尧天万民增福泽
和风甘雨四海沐春晖

舜日尧天檀板金筝歌盛世
红颜白发火树银花庆升平

松下清琴皓月
花边好鸟春风

松竹梅共经寒岁
天地人同乐阳春

松竹梅岁寒三友
桃李杏春风一家

松香竹香梅香香风阵阵
天美地美人美美意重重

送旧年窗花映白雪
迎新岁喜鹊闹红梅

送旧岁铜锣皮鼓惊五岳
迎新年火树银花照九天

岁岁皆如意
年年尽平安

岁岁三春得意
年年万事开心

岁月如山思远举
英雄满座论宏谋

岁岁平安日
年年如意春

岁月逢春花万树
人民得意力千钧

岁通盛世家家福
人遇华年处处春

岁岁春满院
年年喜盈门

岁月知春花解语
人心思治鸟调音

岁逢盛世家家富
人遇华年个个欢

五 实用对联集锦

岁增岁岁岁风光美
年复年年年气象新

泰运洽融春日永
阳和发育物华新

岁岁迎春年年如意
家家纳福事事吉祥

泰运方开歌岁首
和风初拂庆春魁

岁首已瞻东风得意
金匙在握长策催程

泰运宏开五谷丰登歌大有
春光明媚百花齐放庆升平

岁岁辞旧岁注岁逊今岁
春春迎新春来春胜去春

探富源踏遍祖国
觅宝藏尽鉴神州

岁序更新三朔同临首祚
风光胜旧一门独得先春

桃花已发三层浪
玉树长含万里风

岁月峥嵘六合春风千山绿
江山锦绣九州化雨万物苏

桃蕾艳开三月雨
梅蕊香送九天风

岁月无限巨龙腾飞可指日
历史有证中华崛起在今朝

桃花荡起千层胭浪
柳树迎来万里清风

唢呐频频吹高奏丰收曲
彩龙翩翩舞欢唱阳春歌

桃符更新正气驱邪气
春光伊始今年胜去年

太平世界家家乐
锦绣河山处处春

桃红柳绿大好河山都似锦
春华秋实无边土地尽成金

泰运频书大有
昌期幸际升平

桃红柳绿共道人间春色美
虎跃龙腾喜看华夏宏图新

题诗犹有风雷笔
报国常怀赤子心

提倡依法经营富
鼓励公平获利多

天开清淑景
人乐庆和年

天开阳春景
人描富贵图

天高鹏展翼
路远马扬蹄

天上三星耀
人间四海新

天增岁月寿
福满人间门

天欢地笑春风满面
政通人和喜气盈门

天复三阳群芳吐蕊
民欣九州各族同心

天开锦绣喜气三春又度
国树文明新风四海传来

天心随津转
人事逐年新

天增岁月人增寿
春满乾坤福满门

天降甘霖滋百草
党施惠政富千村

天长地久三胞谊
人寿月圆四海心

天好地好人更好
猪多粮多福愈多

天翻地覆今胜昔
水笑山欢画配诗

天下皆乐人长寿
世间同春树延年

天马班师捷报频传惊宇宙
瑞羊降世宏图再展耀神州

天下皆春长瀰喜见胜利舞
人间改岁曲巷欣传凯旋歌

天地本无私人勤争得春来早
江山原不老国运宏开日共新

天心复见梅花点
元日又闻爆竹声

天空明月一轮照
人醉春风万里明

天泰地泰三阳泰
国兴家兴万事兴

天将化日舒清景
室有春风聚太和

天将化日舒晴景
国有英才焕泰和

天赐将一门吉庆
春送来两字平安

天道不言苏百草
地祥有意奉三春

五 实用对联集锦

田野风光如画卷
农家生活赛神仙

田野欣临春风春雨春景
万家喜有新谷新财新家

田有嘉禾时望春风时望雨
宅无别物半藏农器半藏书

铁臂飞扬山河除旧貌
银锄起落天地换新装

听遍地豪歌证人添虎劲
看漫天彩霞战马长精神

庭院落絮早春柳
村寨新歌晓雄鸡

庭前雪展丰收景
岭上梅催富贵花

同德同心建国
克勤克俭持家

同槽尽是名驹选
入厩无非上驷材

同胞携手民心共仰
祖国统一众望所归

同德同心创千秋大业
克勤克俭写百年新篇

同心同德共绘小康蓝图
各行各业齐跨长征骏马

铜山金砂皆财富
骏马肥牛亦利源

望天宇万里清似玉
喜人间四季暖如春

唯有拥军争国泰
方能克敌保民安

为子孙创业宏图惊日月
替祖国争光奇志壮河山

未许田文轻策马
愿闻老子再骑牛

文明正气催春暖
礼貌新风扑面清

沃野千里生财有道
良田万顷劳动致富

无声瑞雪催春意
有信黄鹂唱柳烟

无限新春归大地
几番瑞雪兆丰年

物阜财丰民幸福
俗淳风正国昌隆

无边春色来天地
有庆年头跃虎龙

物阜年丰春临大地
山欢水笑气贯长虹

无倾向无偏私只认得这个理字
不附势不阿强但凭得一点公心

物阜人丰四海升平歌大有
民强国富万家幸福庆小康

舞长龙为大地回春祝福
耍猛狮给神州崛起壮威

习习春风吹绿千层岭
彤彤旭日照暖万户门

物阜国强民富
天时地利人和

喜报英雄门第
春归光荣人家

喜创千秋大业
殷期万众小康

喜庆新年同把酒
豫欢盛世共吟诗

喜迎春景花千树
笑饮丰年酒一杯

喜炮声声报岁
红灯盏盏迎春

喜气洋洋盈门喜
春风煦煦满屋春

喜今朝百般胜意
看明岁万事亨通

喜看稻菽翻金浪
大展江山致富图

喜沾春雨花千树
笑舞东风柳万条

喜吟大地三春绿
更爱神州万里红

喜看春来花千树
笑饮丰年酒一樽

喜看春来花万朵
兴干醉后酒三杯

喜盈门天乐人亦乐
春及第花开心亦开

喜祖国繁荣大有
庆侨乡幸福无疆

喜鹊登枝迎新岁
金鸡起舞报福音

喜雄鹰壮怀蓝天志
信银燕高奏青云曲

五 实用对联集锦

喜气满庭阶春来福地
凯歌传玉宇鱼跃龙门

喜洋洋山青水绿春常在
笑盈盈人寿年丰福无边

喜炮闹元春千家接喜
春风荣新岁万户迎春

喜村寨五谷丰登粮山棉海
看城乡一派兴旺车水马龙

喜神州春色百花娇艳
绘小康蓝图万马奔腾

喜贴春联副副春联抒壮志
欢燃爆竹声声爆竹振豪情

喜迎春光山山水水处处明明秀秀
欢度佳节年年岁岁时时平平安安

喜报闹新春从头数二十四番花信锦绣铺大地
东风掀日历放眼看一千万里江山阳光照红旗

细雨无声滋大地
和风有意暖人心

先天下之忧而忧愬得其所
后天下之乐而乐乐在其中

霞蔚云蒸新时代
春华秋实美乡村

香梅含苞怒放
瑞雪吐絮迎春

鲜花献模范
美酒敬功臣

祥和一家生百福
安定二字值千金

先烈打江山伟业千古
吾辈拼建设福泽万年

祥光万道临福地
瑞气千条绕华庭

先忧后乐心系人民福泽
远瞩高瞻志为祖国兴隆

祥光照四海四海皆春春不老
福气临九州九州同乐乐无穷

想种摇钱树靠勤劳致富
欲捧聚宝盆凭节俭持家

小鸟枝头皆朋友
青萍水面亦文章

想小康奔小康小康在望
盼温饱得温饱温饱有余

晓日初晴海宇云霞呈秀
春风乍暖江城梅柳生辉

向阳门第春光好
夺路骅骝志气豪

笑舞东风松梅竞秀
喜沾芳雨桃李争春

协力同心奔小康赛富比勤争做贡献装点九州锦绣
和衷共济创大业迎春接福竞创文明堪称一代风流

心存民生同百姓乐
胸怀国计先天下忧

新春方知红日暖
佳节倍觉亲恩深

新桃又报笙歌日
神骏宜追治世风

新岁新光新景
春风春雨春花

新景千祥临宅第
春融百福进门庭

新蒲细柳皆春色
紫燕黄鹂俱妙音

新世纪繁花耀眼
大中华碧海腾龙

新景千祥临富第
阳春百福进高门

新人新事佳声动地
春雨春花美景宜人

新年月当与新知识并增
旧习惯宜随旧时日俱往

信息打开幸福路
科学搭起富强门

新岁雪晴祖国红梅争盛放
故园春满台湾紫燕好归来

兴邦有道春长在
治国多方福永存

新天新地新人新事新气象
春风春雨春花春月春满园

行舟撒网欲破千重浪
挥臂捕鱼能收四海潮

五 实用对联集锦

醒狮一吼地动山摇震寰宇
雄鸡三唱人欢马叫展宏图

杏雨正红喜染千家春色
和风着绿巧织万里新图

胸中涌出洋洋喜气
手上牵回缕缕春光

雄鸡高唱千门晓
红杏盛开万户春

雄心共揽霜天月
壮志齐攻科学关

雄鸡一二声天下尽晓
瑞雪三五片人间皆春

绣出山河似锦
迎来大地皆春

秀气漫神州秀水秀山增秀色
春光辉大地春风春雨试春妆

旭日临窗送暖
东风拂面报春

旭日照山亦照水
春风惠我也惠人

旭日晚含珠树影
和风晴护锦堂春

旭日一轮光玉宇
春风万里绿神州

旭日祥云千门竞盛
春风化雨万物争荣

旭日出东方光弥宇宙
百花开大地春满人间

旭日临门喜见龙光凤彩
春风及第吹来兰气梅香

旭日祥云灿九州花似锦
春风化雨新四海歌如潮

旭日映红梅丹凤朝阳祝康泰
春风拂绿柳喜鹊登枝报平安

旭日颂时和青山滴翠花带露
惠风调岁稔绿水藏金海兴波

书山中探胜多思是宝
学海里遨游勤奋作舟

雪映丰收景
梅报百花春

雪尽梅花俏
春来竹叶青

雪飞梅争艳
春来柳更青

雪映梅花更艳
春归柳色尤青

雪消门外千山绿
花发江边两岸红

雪霁欣江山红装素裹
风和喜大地翠点花飞

雪映红梅万里河山多娇
鹤伴青松中华日月长新

雪映梅红开放千般神韵
柳生烟绿升腾万种风情

雪落窗前似梨花点点春正好
霜覆屋后如柳絮片片景更新

艳梅含苞怒放
瑞雪吐絮迎春

艳阳照广厦春华竞发
甘露洒人间瑞气勃生

雪融始知松柏劲
风和更觉桃李香

雪映红梅千山秀
鹤伴青松万壑春

雪飞六出铺锦绣
梅吐五福报新春

雪洁巧铺千里玉
柳舒喜绽万条金

燕雀应思壮志
梅兰珍重华年

燕向花间翻玉剪
莺从柳外掷金梭

燕子归来寻故垒
桃花依旧笑春风

燕剪新裁风下柳
秧针精绣雨中花

燕舞莺歌一元复始
羊欢牛叫四海同春

燕舞莺歌歌盛世
国安家庆庆新春

雪融大地春风近
霞染长天旭日高

雪下已分六出景
花前又是一番春

雪霁神州迎瑞日
云开赤县著花天

雪满千峰山高月小
春来万里雨润花开

五 实用对联集锦

燕语莺歌喜话去岁欢心事
龙腾虎跃笑庆今年如意春

眼底常观新世界
身边永伴好河山

燕语莺啼争传天南地北舒心事
山欢水笑盛赞古往今来如意年

阳和律吕千门晓
玉振金声万象新

燕语莺啼花又香景物一年新节好
风和日丽人方泰诗怀万种春意浓

阳春美景山河绚丽
大块文章岁月增新

沿途听爆竹
逐户读春联

阳雀声中春风染绿江堤柳
责任田里热汗浇开稻菽花

阳和乍转物阜财丰喜百业俱兴小康处处家家乐
淑气频催日新月异庆四时皆顺大有年年步步高

杨柳拂春风风色美
鲜花耀彩霞霞光艳

夜至春敲天下暖
晨投花绽地尤香

仰啸长风早负凌云志
宏开大局常怀爱国心

衣丰食足农为首
业乐居安国是家

遥闻爆竹知更岁
偶见梅花觉已春

移山填海描春手
揽月摘星造福人

要节约半丝半缕半寸布
不浪费一粥一饭一粒粮

旖旎春光脱旧貌
风流人物看今朝

夜月琴声书韵
春风鸟语花香

以慧眼看人无物不照
凭良心做事随处皆春

溢彩流金河山似锦
穿红着绿岁月如花

莺织新机随日至
燕寻旧主携春归

因地利生财正道
结人和致富康庄

莺啼柳浪山山秀
犬卧春台户户安

银锄铁臂五谷旺
骏马新人百业兴

莺歌燕舞阳春景
穗熟花繁丰乐图

银蛇舞城乡美千骥竞发辞旧岁
白鹤飞天地阔万物峥嵘迎新春

莺歌燕舞春无限
雨顺风调岁有年

饮水思源感谢共产党
拥军优属热爱子弟兵

莺歌燕舞春光好
水远山高幸福长

英雄门第三春景
军属人家一品红

莺歌燕舞春风吹华夏
虎跃龙腾瑞雪洒神州

英雄本色千秋放彩
革命精神万代流芳

莺歌燕舞无边春色催干劲
柳绿桃红大好河山展新姿

迎春春春春光美
过年年年年景强

迎春逸兴闻鸡舞
祝岁豪情对鹊歌

迎客迎春迎富贵
纳财纳福纳平安

迎春瑞雪妆梅艳
送暖和风着柳新

迎春曙色含芳景
近日光辉接彩霞

迎新春春光灿烂
辞旧岁岁月火红

迎新春共庆山河壮
过佳节齐歌天地新

迎春花下畅饮丰收酒
除夕宴上欢唱幸福歌

迎朝霞出海劈千里浪
载明月归航满万舱鱼

迎新春一江春水三江酒
搞建设一寸光阴一寸金

楹联迎春颂小康美景
爆竹报岁祝大展宏图

映阶碧草生春色
隔叶黄鹂送好音

映日梅花三五点
迎春爆竹万千声

勇当改革排头雁
甘作人民孺子牛

有山皆竹木
无地不桑麻

有竹有梅门第
半村半郭人家

有农有副百业发展
努力生产万户建功

有脚阳春先到故园桃李
无心明月偏临近水楼台

有山皆绿千山茂盛千山笑
无地不春万户兴隆万户歌

又是一年春色
依然万象光辉

又逢新春普天同庆
再展宏图举世齐歌

又是一年春春盈天地
再鼓十分劲劲满神州

鱼香飘万里
曙日照千帆

鱼香醉倒千重浪
螺号唤来万户春

鱼恋水水阔凭鱼跃
鸟爱天天高任鸟飞

鱼跃鸢飞滚滚春潮催奋进
月圆花好融融喜气遍城乡

渔歌随浪涌
海货与山齐

渔船冲破千层浪
银网拖来万担鱼

雨洗桃花红欲染
日烘杨柳绿初浮

雨过芳草连天碧
春到寒梅映日红

雨露无私江南塞北
阳春有脚海角天涯

雨润初春群芳吐蕊
民欣发展各族同心

雨露无私情四海珠玑皆润色
阳光有正气九州锦绣尽增辉

玉树暖迎沧海日
珠帘光动锦城春

玉树银花送旧岁
红梅绿柳迎新春

玉蕊春浮香信早
柔丝绿染岁华新

玉宇气清鹰冲霄汉
神州春暖鲤跃龙门

玉宇澄清九州日丽
东风浩荡四海春新

玉燕门前歌盛世
金莺户外唱丰年

玉兔东升千江绿水千江暖
金鸡唱晓万户朝阳万户新

玉蜡蟠龙水中龙从火中出
金莲绣凤天边凤向地边飞

玉宇澄清好雨知时萌万物
长川浩荡春风带暖发千花

育苗绣出千秋锦
植树妆成万里春

欲高门第须行善
要好儿孙必读书

月明松下房栊静
日出云中鸡犬喧

月圆花好鸟飞鱼跃
雨顺风调马壮人欢

阅尽人间春色
紧随时代潮流

云开春光花千树
雨润秋色谷万仓

云呈五色文明盛
运际三阳世泽长

跃马扬鞭行大道
挥毫泼墨赋好春

云间瑞气三千丈
堂上春风十二时

云山呈秀千般美
大地更新万户春

云蒸霞蔚风和日暖
国盛家康人寿年丰

站上高处看到远处干在实处
懂得昨天立足今天奔向明天

云献吉祥星连福寿
花开富贵竹报平安

张灯结彩喜气盈万户
溢绿飘红春光满千村

云水翻腾千帆竞发争前浪
中华崛起万马奔腾着先鞭

张灯结彩大庆丰收岁
笑语欢歌喜迎艳阳春

载歌载舞天下都乐
富国富民大地皆春

帐前雪酿丰收酒
马上鞭催艳阳春

载歌载舞庆佳节赞颂今日春光好
同心同德搞建设喜看来年幸福长

朝阳伴福蒸蒸上
春水携财滚滚来

早发和风捎来盈门喜
多情瑞雪降下满屋春

兆丰消息听瑞雪
报喜佳音看金鸡

展宏图华夏繁荣昌盛
歌盛世人民福寿康宁

政焕北辰群曜拱
信昭寰宇万民欣

展笑颜山笑水笑人民笑
迎新岁天新地新事业新

政通人和百废俱举
风调雨顺万象更新

政策暖人心春风共沐
新猷孚众望惠雨同沾

政通人和九州开泰运
风调雨顺四海庆升平

政通人和暖风吹乐土
民殷国富瑞日照华天

政策宽经营活山山有路
眼光远信息灵水水通舟

政策暖民心三江流碧水
阳光铺大地五岳放光华

政策称心家家户户欢欢喜喜
方针如意岁岁年年乐乐康康

政策暖千家人民喜庆小康日
春风绿万户农舍欢欣大有年

正气凌云万户弦歌腾瑞霭
群英跨骏八方捷报灿新光

征程万里通春景
伟业千秋起宏图

争上游金镰钩起一弯月
夺高产银锄震落满天星

芝草满庭吐秀
百花遍地飘香

芝兰得气一庭秀
桃李成荫四海春

芝兰向暖迎春笑
松柏逢春映日光

指点江山春光满目
激扬文字彩笔生花

植树造林青山不老
修河整坝绿水长流

致富门前多妙手
招财路上有能人

志士闻鸡即起舞
才人梦笔自生花

中天星彩腾奎壁
此地人文射斗牛

中华儿女英雄志
祖国江山龙虎姿

中华崛起山河竞秀
民族振兴日月争辉

五 实用对联集锦

忠厚一生惭善少
平安二字值钱多

忠厚平和传世远
仁忠礼义继风长

种竹千竿清俗气
看梅百树觉清香

重信誉财源茂盛
守法纪买卖兴隆

重重喜庆重重喜喜改革开放
盈盈笑语盈盈笑笑为政清廉

珠树绕环千古色
笔花开遍四时春

猪肥羊壮家家六畜兴旺
穗大粒多户户五谷满仓

竹露松风蕉雨
清茶琴韵书声

竹梅展姿傲雪
桃李含笑迎春

竹报一元复始
花开小康初成

竹翠梅香共喜春光融画卷
旗红日灿同挥热汗写诗篇

祝捷放歌一报平安双报喜
铭功寄语千行青史万行书

壮丽山河迎晚日
风流人物数中华

壮志凌云振鹏翼
扬鞭催马奔征程

壮志凌云红心向党
春风送暖喜气盈门

壮志绘宏图永无止步
丹心创大业岂可偷闲

紫燕双飞寻旧宇
金鸡一唱贺新年

紫气冲天物华天宝
阳春铺地人杰地灵

紫燕高飞剪开千重云雾
布谷欢歌唤起万家春耕

自力更生创千秋大业
励精图治开万代宏基

祖国已臻长治世
人民咸庆小康时

祖国精英保祖国祖国昌盛
人民军队爱人民人民安康

祖国山河春正茂
人民天地日方长

祖国好风光好鸟争鸣花似锦
中华多俊杰群英奋发志凌云

祖国山河日新月异
人民事业地久天长

祖国换新装天然画卷山和水
农家多乐事自在生涯读与耕

祖国繁荣江山如画
东风浩荡大地皆春

祖国繁荣海外亲人扬眉吐气
侨乡昌盛天涯赤子笑语欢歌

生肖春联

子鼠

苍松随岁古
子鼠与年新

鼠须笔写吉祥字
雀尾屏张如意图

春雨晓风花开五色
鼠须麟角力扫千军

鼠无大小皆称老
龟有雄雌总姓乌

鹊喧梅放春入户
鼠报年来喜盈门

猪去鼠来辞旧岁
龙飞凤舞庆明时

甲子开元江山添秀色
东风化雨天地共长春

猪去鼠来新换旧
星移斗换岁更年

灵鼠迎春春色好
金鸡报晓晓光新

猪岁又是丰收高高兴兴送去
鼠年更为繁荣喜喜欢欢迎来

子时岁交替
鼠年春更新

钟声鸣子夜
瑞气入鼠年

丑牛

草绿黄牛卧
松青白鹤吟

辞鼠修仓迎稻熟
催牛耕地盼年丰

牛耕芳草地
鹊报吉祥春

牛铃飘翠岭
言语暖春风

鼠去牛来闻虎啸
民殷国富看龙飞

鼠报平安归玉宇
牛随祥瑞下天庭

灵鼠回宫传捷报
犍牛向田翻春潮

灵鼠跳枝月影晃
春牛耕地谷香飘

子去丑来三阳开泰
鼠灵牛健万事亨通

紫燕寻旧主
金牛舞新春

莺啼池边柳
牛耕陌上春

蹄奋不须鞭入耳
国强全靠党领头

一曲牧歌传牛背
万里春色绿枝头

寅虎

北斗回寅万户金鸡争唱晓
东风送暖九霄玉兔喜迎春

道祖骑牛去
赵公跨虎来

斗柄回寅除旧岁
梅花数点报新春

笛吹岁末牛铃曲
壁挂年头虎啸图

虎啸众山沸
春归万木荣

虎跃山河壮
春来日月新

虎虎有生气
年年庆吉祥

虎迎新岁月
人改旧乾坤

虎跃康庄路
莺歌锦绣春

江山一统腾龙日
岁月三春入虎年

牛劲健犹在
虎威欣又生

牛岁庆丰稔
虎年喜健康

牛奋四蹄虎添双翼
人增干劲国迈小康

牛岁牛奔踏胜利凯歌归去
虎年虎啸迎经济改革腾飞

金牛奋蹄开锦绣
乳虎添翼会风云

旧岁骑牛去
新春跃虎来

骑牛踏雪去
跨虎携春来

岁更牛得草
春到虎归山

时来花作雨
春到虎追风

燕飞水花俏
虎跃山势雄

迎虎岁人人壮改革虎胆
贺新春处处树文明新风

卯兔

丁帘卷雨饶春意
卯酒盟杯祝丰年

丁香是玉树小果金黄生宝气
卯兔出蟾宫长毛雪白放银光

卯门生喜气
兔岁报新春

耕田能获宝
养兔不守株

五 实用对联集锦

虎声传捷报
兔影带春晖

虎去雄风在
兔来瑞气生

虎跃花世界
兔迎玉乾坤

虎岁才舒千里目
兔年更上一层楼

虎归山谷雄风在
兔到人间喜气生

虎岁刚饮祝捷酒
兔年又放报春花

虎去雄风镇五岳
兔生瑞气秀三春

虎啸千山声声响应
兔跃万里步步腾飞

兔岁初临健步已驰千里
虎年虽去雄风犹镇八方

金虎归山去
玉兔迎春来

临风门户迎春入
融月高楼接兔归

卯时美景花方艳
兔岁良辰酒更醇

深山虎啸雄风在
绿野兔奔好景来

玉兔机灵承虎劲
金乌活跃显狮威

喜兔年初露春色
继虎年大展宏图

喜玉兔今年奋起
祝巨龙明岁腾飞

玉兔驾月观新岁
金猴捧桃兆丰年

月照玉兔闻香桂
天行骏马踏春风

辰龙

爆竹辞旧岁玉兔毫毛生紫气
花灯迎新春金龙捷足入青云

辞旧岁喜看金秋硕果巨
迎新年欢庆龙春气象宏

东海跃明珠金龙献岁
南天升淑气黄鸟鸣春

海为龙世界
云是鹤家乡

龙兴华夏
燕舞阳春

龙腾云似海
天远日为丸

龙腾花世界
兔别玉乾坤

龙年淂龙瑞
春节溢春光

龙子龙孙龙年会龙潭
虎头虎脑虎气生虎威

美酒千樽欢送玉兔归山
赞歌万首喜迎金龙出海

岁首喜看玉兔跃
耳边遥闻金龙吟

送玉兔硕果丰收千里雪
迎金龙宏图再展万年春

兔奔千里传春讯
龙腾九霄壮国威

玉兔刚随明月去
金龙又挟早春来

玉兔毫光生紫气
金龙捷足入青云

玉兔回眸留恋今朝美景
金龙昂首前瞻明日宏图

玉兔归时深慕人间春色美
金龙起处喜看华夏蓝图新

巳蛇

爆竹欣祝福
银蛇喜迎春

大泽龙吟藏远志
莽原蛇蜕蕴生机

辰龙游碧宇云蒸霞蔚
巳蛇掘黄金民富国强

旧岁龙标金榜去
新年蛇献玉珠来

挥笔龙蛇走
迎春莺燕歌

金蛇狂舞春添彩
玉树临风喜满门

金龙送冬归祖国五风十雨
银蛇衔春至神州万紫千红

龙腾丰稔岁
蛇舞吉庆年

龙留丰收景
蛇舞吉祥年

龙吟山河壮
蛇舞日月新

龙去神威在
蛇来灵气生

龙含宝珠辞旧岁
蛇吐瑞气贺新春

龙甲金光弥海宇
蛇珠宝气漫山川

龙岁才舒千里目
蛇年更上一层楼

龙腾蛇舞中天瑞
日丽风和大地春

龙去蛇来星移物换
莺飞燕舞日暖风和

龙惯飞翔终归大海
蛇曷曲行敢上高峰

龙飞凤舞锦绣山河添锦绣
龟瑞蛇祥光明中国更光明

云腾雾海海归玉龙辞龙岁
锦绣河山山舞银蛇庆蛇年

蛇舞九州馥
花开四海春

小龙衔瑞草
大地发春华

新春喜鹊登枝唱
吉地银蛇降福来

午马

宝马扬蹄奔大道
金鸡昂首报新春

大地回春九州焕彩
银驹献瑞四季呈祥

丹青描得山如画
翰墨绘来马似龙

风尘一路蹄花碎
爆竹千家喜气浓

飞雪片片凝瑞
马啼声声报春

伏枥犹存千里志
添翼更上九重天

豪情振笔歌新岁
骏马加鞭奔坦途

化雨春风千里绿
扬蹄骏马八方雄

纪月建寅群芳竞秀
启元属午万骥争驰

开放同乘千里马
腾飞欲揽九天星

立马昆仑山岳伟
扬帆苍海浪涛雄

留下小龙瑞气
迎来骏马精神

马跃花间路
鸟鸣柳上春

马驰原野阔
春暖稼穑新

马驰春色里
人在画图中

马奔大路风生响
梅报早春雪吐香

马逢盛世成龙业
鹏举高天极大观

齐跨骏马迎新岁
满斟美酒驾丰年

庆盛世雄狮轻起舞
展宏图快马猛加鞭

神驹轻踏春前草
小燕喜穿柳上风

神州呈瑞彩满天捷报迎旭日
大地庆马年一路凯歌壮春风

五 实用对联集锦

水如碧玉山如黛
人奋雄心马奋蹄

向阳花木三春雨
得意马蹄一路风

新春燕语巧
大道马蹄轻

新春帖留吉祥草
骏马图挂墨韵斋

新岁新春新气象
好人好马好前程

雄鹰大展凌云志
骏马喜迎改革春

跃马扬鞭抒壮志
耕云播雨夺丰收

跃马迎春春风扑面
抬头见喜喜气盈门

未羊

凯歌阵阵玉门已过千里马
鼓角声声泰岱又登带头羊

马驰金世界
羊唤玉乾坤

马去雄风在
羊来新局开

马蹄腾跃凯歌奏
羊角扶摇捷报传

马奔万里昌国运
羊登千山展宏图

马风事事合民意
羊年处处沐春风

金马腾飞抒壮志
玉羊跑跃庆新春

哪有心神看跑马
正就筹策补亡羊

双燕共迎欢乐到
五羊共送吉祥来

送马年春花融白雪
迎羊年喜鹊闹红梅

赠鹿果然圆旧梦
牧羊何事动哀思

申猴

除夕羊随爆竹去
大年猴伴烟花来

花果飘香美哉乐土
猴年增色又换人间

猴喜满园桃李艳
岁迁遍地春光明

金猴开玉宇
紫燕舞新春

金猴匡正气
玉宇荡清风

金猴扶正气
玉宇起清风

八方进宝迎瑞气
金猴举棒驱妖魔

金猴玉兔弄春色
紫燕黄莺弹妙音

天生佛石苔攒髻
洞有神猿臂挂松

金猴一吼彩云捧旭日
晨鸡三唱朝霞染红梅

申年桃献端
猴岁雪兆丰

桃花点点千山秀
猴岁家家四季春

未羊生猴兴国瑞
莺歌燕舞喜春光

羊辞玉乾坤
猴奔花果山

酉鸡

宝鸡献瑞
康爵延年

晨明鸡唱晓
水暖鸭知春

凤纪书元人间改岁
鸡声告起天下皆春

寒鸡得食自呼伴
老叟无衣犹抱孙

鸡催千里晓
春启万家门

鸡鸣一日首
梅笑百花前

金鸡献岁
喜鹊登梅

门无凤字
座有鸡谈

鹊送喜报
鸡传佳音

雄鸡一唱天下白
神女当惊世界殊

戌狗

狗护一门喜无恙
人勤四季庆有余

金鸡唱出小康景
玉犬迎来大有年

日新月异鸡啼晓
岁吉年祥犬守门

瑞雪铺成丰稔景
犬蹄踏出报春花

戌日耀吉瑞
狗年臻福祥

莺歌杨柳岸
犬吠杏花村

戌岁祝福万事顺
狗年兆丰五谷香

亥猪

高老庄中称快婿
天蓬府内是元戎

狗年已展十分锦
猪岁再登百步楼

狗守家门旧主喜
猪增财富新春欢

肥肉一身堪入市
钉耙九齿好耕田

亥时春入户
猪岁喜盈门

迎猪年春至福临生机勃勃
送犬岁除夕年丰喜气洋洋

猪大能如象
肥多可致金

猪肥家业旺
春早寿元长

其他传统节日联

元宵节联

五夜通明
天开美景

千家春不夜
万里月连宵

一团拥宝炬
千点灿银星

银光有焰
万户鼓吹

花市千门月
灯衢万里春

九陌连灯彩
千门庆月华

月明银海
灯缀彩山

明月千门雪
火树暖春风

放手擎明月
开心闹元宵

星桥铁锁
火树银花

天上一轮满
人间万里明

灯楼灿明月
火树暖春风

光天满月
火树银花

银花开火树
铁锁启金桥

元夕万家宴
宵月千里明

风清月朗
灯彩星辉

灯月千家晓
笙歌万户春

兔魂连银海
鳌山接紫微

心上春意
树梢银花

万家元夕宴
一路太平歌

锦城灯结彩
花市月含华

金吾不禁
玉漏莫催

万手擎明月
千家乐夜宵

笙歌归院落
灯火接楼台

一曲笙歌春似海
千门灯火夜如年

万户春灯报元夜
一天晴雪兆丰年

中天皓月明世界
满城管弦乐太平

一帘春色门垂柳
万斛珠光地涌莲

万户管弦歌盛世
满天焰火耀春光

匝地楼台春富贵
喧天歌舞夜风流

三五星桥连月阙
万千灯火彻天衢

万紫千红春簇锦
五光十色月增华

光腾月殿流蟾魄
花灿星桥吐凤文

三千世界笙歌里
十二都城锦绣中

天空明月三千界
人醉春光十二楼

寒笳送走人间腊
晓角吹回雪里春

五夜星桥连月殿
六街灯火步天台

火树光腾城不夜
银花焰吐景长春

灯火交辉元夜里
笙歌簇拥月明中

九华灯炬云中挂
五彩鳌山海上移

玉烛长调千门乐
花灯遍照万户明

飞龙舞凤成夜市
击鼓踏歌皆春声

万家灯火同秋月
大地光明不夜天

凤盘双阙壶外天
鳌驾三山陆海中

火树银花富贵色
良宵美景太平春

万里阳和春有脚
一年光景月当空

雪月梅柳开春景
花灯龙鼓闹元宵

及时大放光明夜
与物同游浩荡天

万里河山铺锦绣
满城管弦乐太平

笙歌声沸长春地
星月光映不夜天

凤舒五色云中现
鳌驾三山海上来

万里春灯元夕宴
满街灯火太平歌

街头灯影逐花影
村中梅香伴酒香

玉宇无尘一轮月
银花有艳万点灯

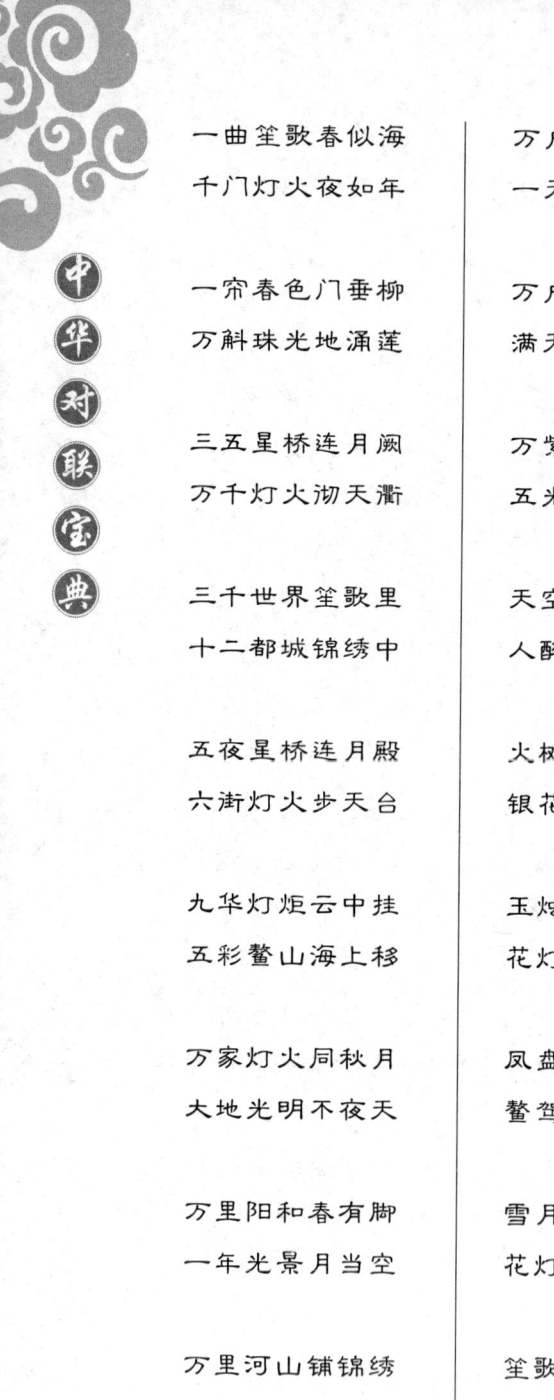

美人何处教歌舞
上将今宵夺昆仑

喜地欢天饮美酒
张灯结彩闹元宵

明烛送来千树玉
彩云移下一天星

天空明月一轮照
人醉春风万里明

淑气鸿喜家家乐
彩灯春花处处新

金市灯光游子月
珠帘香袭美人风

明月皎皎千门秀
华灯盏盏万户春

银花火树开佳节
紫气月光拥玉台

赏灯极乐繁华地
秉灯同游不夜天

晴空一镜悬明月
夜市千灯照碧云

轮影暂移花树下
镜光如挂玉楼头

融融月夜连灯市
霭霭春光满夜城

碧树银台万种色
野花啼鸟一般春

火树先腾城不夜
银花焰吐景长春

舞凤飞龙成夜市
踏歌击鼓是春声

玉宇无尘千顷碧
银花有焰万家春

玉烛长调千古乐
花灯遍照万家春

天悬明月一轮满
人醉春风万里明

耀眼宏图灯映月
动人春色画连诗

晴空一镜悬明月
夜市千灯照碧云

蜃楼海市落星雨
火树银花不夜天

明烛送来千树玉
彩云移来一天星

玉宇无尘碧波万顷
银光有焰喜气盈庭

玉宇无尘一轮皓月
银花有色万点春灯

玉宇尘清一轮皓月
银花焰吐万盏春灯

明月一轮天开青淑
春灯万盏人乐太平

灯火良宵鱼龙百戏
琉璃世界锦绣三春

灯火万家良宵美景
笙歌一曲盛世元音

远景近景良宵美景
礼花鲜花火树银花

美好前程春色美好
火红年代华灯火红

不夜灯光便是玲珑世界
通宵月色无非圆满乾坤

放出花灯天上银河失色
听来箫鼓人间茅屋生春

春夜灯花几处笙歌腾朗月
良宵美景万家箫管乐丰年

时际上元玉笛长吹千古乐
月当长夜花灯遍照万家春

地乐天乐地天共乐元宵夜
灯辉月辉灯月交辉太平春

光耀银花一刻千金春对酒
清传玉漏五更三点月留人

宝炬散春辉挹清光于灯月
金吾开夜禁同乐事于钧天

三五良宵月明碧汉三千界
银河泻影人醉春风十二楼

龙烛凤灯灼灼光开全盛开
玉箫金管雍雍齐唱太平春

星月花灯光腾元夕春无限
笙箫歌舞乐奏钧天夜未央

皓月满轮玉宇无尘千顷碧
紫箫一曲银河有焰万里春

乐事逢春妆成锦绣辉元夜
歌声彻晓引得嫦娥出汉宫

乐事无边万户春灯传五夜
太平有象一天晴雪兆三丰

灯月交辉伫听笙歌吹四野
雨旸时若式观丰阜乐群黎

时际上元玉烛长调千古乐
月当五夜花灯遍照万家春

太白清狂好对金樽邀月饮
更生勤读自有藜杖照书来

玉树银花万户当门观瑞雪
欢歌笑靥千家把酒赏花灯

月缺月仍圆佳节每逢都欢喜
花开花易谢少年相戒莫蹉跎

瑞霭诵千重万户笙歌明月里
祥光迷五色满城箫鼓彩云中

人在锦丛中五夜星桥联月阙
春辉碧落际六街灯火步天台

盛世文明万丈青云英雄得路
元宵光彩一轮皓月山海同春

庆此良辰任玉漏催更还须沏夜
躬逢美景不金鱼换酒尚待何时

玉宇无尘海无波阔步齐奔现代化
明月在天灯在户放歌同庆元宵节

碧海无波任买来箫鼓千船鱼龙百戏
金吾不禁看妆出玻璃世界锦绣河山

清明节联

春风重拂地
佳节倍思亲

槐火光阴春替换
杏花消息雨传知

寒食雨传百五日
花信风来廿四春

痛心伤永逝
挥泪忆深情

旷野踏青晨起早
芳郊拾翠暮归迟

山青水秀风光好
月明星稀祭扫多

燕子来时春社
梨花落后清明

相逢路上纷桃雨
喜见树前闹杏花

流水夕阳千古恨
春风落日万人思

三月光阴槐火换
二分消息杏花知

睹物思亲常入梦
训言在耳犹铭心

姓在名在人未在
思亲想亲不见亲

年年祭扫先人墓
处处犹存长者风

继往开来追壮志
光前裕后慰英灵

清风明月本无价
近水遥山皆有情

春回大地九千万里寒食雨
日暖神州二十四番花信风

百六日佳晨杏酪榆羹何处梦
廿四番花信石泉槐火为谁新

端午节联

日逢重五
节序天中

千古诤臣罹祸
尔今屈子开颜

绿艾悬门添藻彩
青蒲注酒益芬芳

天中令节
地腊良辰

榴裙萱黛增颜色
艾酒蒲浆记岁华

青粽佳茗称益智
白艾香包善驱邪

保艾思君子
投粽吊贤人

堂前青草舒眉绿
石上榴花照眼红

结艾钗头轻战虎
夺标船首惯乘龙

抚辰逢地腊
建午届中天

端午池莲茶解语
夏晨岸柳鸟能言

艾叶吐芳香飘四野
笼舟涌浪气镇三江

节启朱明榴花献瑞
盘陈角黍蒲酒怀贤

艾叶吐幽芳香溢四海
龙舟掀巨浪气吞八荒

海国中天魂招屈子
江城五月笑看龙舟

石榴映红日千门喜庆
鼓乐催龙舟万水欢歌

龙舟竞渡楚风余韵
诗苑抒怀圣哲遗风

逢盛世更加感谢前辈
遇佳节愈益思念亲人

龙舟竞渡不忘楚风余韵
诗台抒怀更忆圣哲先贤

龙舟竞渡缅怀屈子沉江恨
华夏腾飞续谱今朝爱国篇

代代龙舟竞渡追怀屈子
年年角黍投江祭奠诗魂

锦标夺紫遗风犹自说三闾
美酒雄黄正气独能消五毒

龙舟竞渡凭吊屈子怀古恨
赤县雄飞喜谱今朝爱国篇

令节届天中处处辉增艾绶
良辰逢地腊家家乐饮蒲觞

焚艾草饮雄黄清瘴驱邪远离疾病
飞龙舟裹香粽祭忠奠酒当效楷模

中秋节联

甘露被宇
明月映天

亭空千霜月
水续万古流

中天一轮满
秋野万里香

白衣随鹤舞
明月逐人归

明月本无价
高山皆有情

薄帷鉴明月
高情属云天

尘中人自老
天际月常圆

天上一轮满
人间万里白

笙歌曲中千家月
红藕香里万颗珠

春秋多佳日
山水有清香

一天似秋水
满地月如霜

三五良宵开玉宇
大千世界涌冰轮

冰壶含雪魄
银汉漾金波

皓月多幽意
清风有激情

月静池塘桐叶影
风摇庭院桂花香

日射晚霞金世界
月临天宇玉乾坤

金鸡啼明天已晓
嫦娥起舞月高悬

平分秋色一轮满
长伴云衢万里明

霓裳舞起终宵朗
玉女歌扬沏夜辉

月满一轮辉宇宙
花香千里到门庭

叫月杜鹃喉舌冷
宿花蝴蝶梦魂香

几处笙歌留朗月
万家箫管乐中秋

明月清风景物秀
神州春色画图新

银汉流光水天一色
金商应律风月双清

叶脱疏桐秋正半
花开丛桂树齐香

喜得天开清旷域
宛然人在广寒宫

三五良宵秋澄银汉
大千世界光满玉轮

玉轮光满大千界
银汉秋澄三五宵

占得清秋一半好
算来明月十分圆

念故人千里云间笑语
有黄鹂数声笛里关山

轮影渐移花树下
镜光如挂玉楼头

鱼戏平湖穿远岫
雁鸣秋月写长天

琼宇高寒捧出一轮月影
冰壶朗澈平分五夜天香

重阳节联

三三迎吉令
九九乐芳辰

题高惊僻字
飞屐发豪情

人勤心不老
志远路方长

敬老成时尚
举贤传德风

鼓琴仙度曲
种杏客传书

花争秋后美
人敬老来红

黄花开正好
秋雨落宜时

临风乌帽落
送酒白衣香

糕寄登高意
菊呈晚节情

秋奉椿萱茂　　劝君一醉重阳酒　　靖节排冠归隐去
菊同兰桂馨　　邀月同观敬老花　　孟生落帽快登临

院闲青霞入　　何处题糕酬锦句　　孟参军龙山落帽
松高老鹤寻　　有人送酒对黄花　　陶居士三泾衔杯

拈菊欣忆旧　　燕知社日辞巢去　　菊花早放铺金蕊
抚幼励承先　　菊为重阳冒雨开　　桑叶新开泻玉缸

观菊来瑞鹤　　话旧他乡曾作客　　习射谈经天高地爽
绕膝戏玄孙　　登高佳节倍思亲　　佩萸插菊人寿花香

三泾归时秋菊在　　山静日长仁者寿　　有兴无妨满城风雨
满城近日风雨多　　荷香风善圣人清　　登高何处插鬓茱萸

步步登高开视野　　夏至酉逢三伏热　　重重直上火达凌云路
年年重九胜春光　　重阳戊遇一冬晴　　九九登高须防落帽风

五　实用对联集锦

2. 住宅用联

住宅用联概说

住宅中所用的对联，通常具有民俗祈福和装饰两种功能，依照张贴、张挂的位置，又可分为门联、楹（柱）联、中堂联和内室联。大门联传统上是用来贴春联以及其他节令联的。有一些文人会将明志的自题联贴在自家大门口，而这类对联有时也兼作春联、节令联使用。古典园林中常见的亭台楼阁，一般都配有楹联，内容多为描写周围的景致，提点游赏者去关注造景的精华之所在。一座家宅中的对联，往往体现着居住之人的文化修养和艺术品位，乃至为人的格调、情操。

集　锦

门　联

大门联

心宽忘室陋
野旷觉天低

门楣生喜气
山水有清音

院小胸怀大
门低志向高

楼栖沧海月
门览古山青

旭日千门启
春辉四望新

田园无限景
门户有余年

门外苍梧碧水
檐下翠竹春山

桃符满门书溢彩
春色遍地景生辉

门前有水人可智
宅后依山室常春

秀水绕门蓝作带
青山当户翠为屏

种树如培佳子弟
卜居恰对好河山

云间山影千重满
门外树色万叠浓

日出金莺绕屋语　　风清流水当门转　　金栋承日辉淑景
风和玉树当门开　　春暖飞花归岸来　　玉柱擎天接祥云

春回瑞气笼仁里　　九天晓日招彩凤　　梅开丹霞花世界
日拥祥云护德门　　四海春雷唤金龙　　雪落银树下乾坤

爱劳动者其人多寿　　春从何处来共沐和风甘雨
传勤俭风子弟当贤　　花由此日发欣看绿柳红桃

有脚阳春先到故国桃李　　万树红花几度东风送暖至
多情喜气早盈我家门庭　　千行绿柳一天好雨伴春来

燕声莺声流水声谱就天然妙曲
桃色柳色青山色绘成大好春光

重门联

春融大地　　旭日重门照　　千里江山千里秀
气霭重门　　春风柳色新　　一重门户一重新

重门凝瑞　　上苑梅花早　　宅院已成吉祥院
深宅生辉　　重门柳色新　　重门再启幸福门

春风和一室　　重门开曙色　　风送鸟声来小院
淑气拥重门　　竹径透芳菲　　月移花影过重门

烟锁重门柳　　重门日暖花迎户　　鸟过重门多好语
燕翔深院云　　深院春归燕入帘　　花飞满座有清香

五　实用对联集锦

后门联

前程远大
后步宽宏

修德思垂后
贻谋欲胜前

退一步天高地阔
让三分气顺心平

有备无患
晷设常关

积德前程大
存仁后步宽

竹径有时风为扫
此门无事日常关

光天有道
后福无疆

存心昌我后
举步让人前

忠厚留有余地步
平和养无限生机

知足常乐
向后自宽

光前振起家声远
裕后留贻世泽长

房门联

室雅何须大
花香不在多

月落万星镶夜幕
晓来一雨洗尘窗

室外独留滋卉地
年来幸得养花天

惜时春起早
爱月夜眠迟

月移花影横窗瘦
风送兰香入座清

独坐每将书作伴
闭门常与笔来邻

斗室乾坤大
寸心天地宽

久坐不知春在室
推窗忽见蝶飞来

安居乐业乐无限
身处福门福有源

志士闻鸡常起舞
才人梦笔自生花

一泾寒香云满地
半窗花影月笼纱

芳草有情夕阳无语
海棠开后燕子来时

厅室、堂屋(中堂)联

四时佳景
满座高朋

庭前梧叶落
堂上桂花香

月无贫富家家有
燕不炎凉岁岁来

云岚凝座
燕语垂帘

卿云书燕喜
芒树听莺声

得好友来如对月
有佳书读胜看花

海内存知己
天涯若比邻

文章千古事
孝友一堂春

旧书细读犹多味
佳客能来为长情

把酒知今是
观书识昨非

月出东山上
花开北苑中

兄弟和其中自乐
子孙贤此外何求

座上客常满
樽中酒不空

竹雨松风梧月
茶烟琴韵书声

春风大雅能容物
秋水文章不染尘

高怀同霁月
雅量洽春风

海阔天高气象
风光月霁襟怀

一庭花发来知己
半卷书开见古人

壁挂诗书画
窗收日月星

雅言诗书执礼
益友直谅多闻

树影横窗知月上
花香入梦觉春来

鸡鸣催读晓
鸟语唤耕春

铁石梅花气概
山川香草风流

诗情画意皆良友
鸟语花香最可人

松菊开三径
琴书萃一堂

风声度竹有琴韵
月影写梅无墨痕

好山入座清如洗
佳树当窗翠欲流

五 实用对联集锦

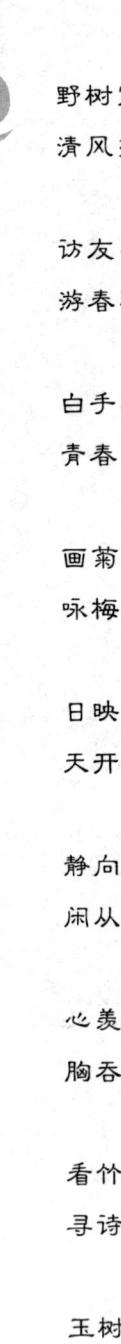

野树穿花月在涧
清风拂座竹环门

花满一座人载酒
竹深三径鹤窥书

文星照耀联奎壁
丽句琼瑶琢凤凰

访友不嫌居陋巷
游春独喜在名山

清风无私雅爱我
修竹有节长呼君

龙游鹿洞青云绕
鲸跃鹅湖紫气腾

白手壮心驯大海
青春浩气走千山

自喜轩窗无俗韵
亦知草木有真香

骐骥常怀千里道
凤凰高占一枝梧

画菊傲霜当笑劲
咏梅斗雪必诗雄

哪得龙文堪烛室
徒贻凤字可题门

菽粟书田皆真味
心地芝兰有异香

日映芝兰长焕彩
天开奎壁近增辉

奎壁光生云汉晓
芝兰香霭玉堂春

天池水足鲲仍化
庭竹荫成凤始归

静向庭中看鹤舞
闲从户外听莺歌

四望烟霞春富贵
一庭兰桂日馨香

鲤跃禹门知浪暖
莺迁乔第喜春晴

心羡河阳春似锦
胸吞云梦气如虹

庭余花色邀文藻
座有兰言怡素心

龙卧当前皆瀚海
凤楼何处不舟山

看竹客来双屐雨
寻诗人坐一庭秋

幸无三顾来门外
自有千秋在个中

五岳圭陵河气势
好书根底史波澜

玉树暖迎沧海日
珠帘光动赤城霞

仁义堂前无限好
芝兰家内有余香

蝶舞天花飞上下
燕寻旧主辨音容

萦洄水抱中和气
平远山如蕴藉人

世事每从宽处乐
人伦常在自忍中

修竹满庭浮翠色
芳枝绕径映春晖

云涌吉祥风吹和顺
花开如意竹报平安

远性风疏逸情云上
和光春霭爽气秋高

风月双清云霞五色
诗书三味山水八音

似兰斯馨如松之盛
于玉比德乃冰其清

玉树临风金华挹露
芝香入座桂馥当槛

金石其心芝兰其室
仁义为友道德为师

东壁图书西园翰墨
春风和畅秋月清华

松竹旷怀心神若此
智仁乐雅山水同斯

春风来处宜交良友
秋月明时常念故乡

瑞露凝珠润滋琼圃
祥云绚采辉映玉霄

骥足追风趾连碧汉
凤冠映月光溢舟山

德沐春风名高金鼎
神凝秋水节映冰壶

认天地为家休嫌室小
与圣贤共语便见朋来

芝草无根醴泉无源人贵自立
流水不腐户枢不蠹民生在勤

书房联

友天下士
读古今书

书山觅宝
学海泛舟

书林漫步
学海遨游

一帘花气
四壁书香

砚生云海
笔舞龙蛇

诗情画意
琴韵书声

笔酣墨畅
心旷神怡

心诚功就
水滴石穿

博通中外
雅集古今

五 实用对联集锦

诗书益寿
金石延年

客来宜对酒
人静好读书

轻吟小夜曲
豪唱大风歌

雨过琴书润
风来翰墨香

清歌拟白雪
逸气上青云

窗开千里月
砚洗一溪云

文气曲流水
高怀洽素风

春风清耳目
书味润身心

落笔鱼惊藻
推轩月照人

风月畅怀抱
诗书说性灵

诗拟川中水
画看云外山

四壁诗书画
三春桃李梅

文章清似玉
气节壮如松

明月侵书幌
疏星落砚池

青灯勤夜雨
黄卷发秋香

读书觅佳句
润墨得风神

静闻鱼读月
笑对鸟谈天

雪片飞书案
梅花浇砚池

一窗金石气
满室墨花香

花月联知友
读书结静缘

意飘云物外
诗入画图中

文章千古事
得失两心知

翰墨惊天地
诗书通古今

著书惊日短
舞墨伴星稀

读书破万卷
落笔超群英

益我书千卷
惊人笔一支

伴我书千卷
可人花一帘

读书觅佳句
润墨行丰神

若知天下事
须读古今书

竹因虚受益
松以静延年

修业勤为贵
行文意必高

友如作画须求淡
文似看山不喜平

读书身健即为福
种树花开亦是缘

夜月琴声书韵
春风鸟语花香

且将樽酒酬天地
自有诗书横古今

古人已注留明鉴
逝者如斯惜少年

挟风云于翰墨
罗经纬在心胸

片纸能书天下意
寸心可悟古今情

处世神交天下士
著书学立一家言

风雅千秋韵味
情操一品香兰

书从疑处翻成悟
文到穷时自有神

吟成佳句花皆舞
读到奇书兴欲狂

笔架砚池辞海
诗花墨雨书林

至乐事无如为善
有福人方肯读书

术业宜从勤学起
韶华不为少年留

闲居足以养志
至乐莫如读书

观书到老眼如月
得句惊人胸有珠

诗成掷笔仰天笑
酒酣拔剑斫地歌

文性生若春水
弦咏寄之天风

欹枕旧游来眼底
掩书余味在胸中

不因果报方行善
岂为功名始读书

读书寄怀秋水
对友看坐春风

书因鸟迹方成篆
文是龙心不待雕

座满春风书带翠
夜临霁月剑染青

好事流芳千古
良书播惠九州

书城高大能藏道
心地光明始爱才

除却读书无所好
偶题诗句不须编

养心莫如寡欲
温故乃能知新

读有益书精神爽
行无愧事梦魂安

悟到前身应是月
数来好友莫如书

五 实用对联集锦

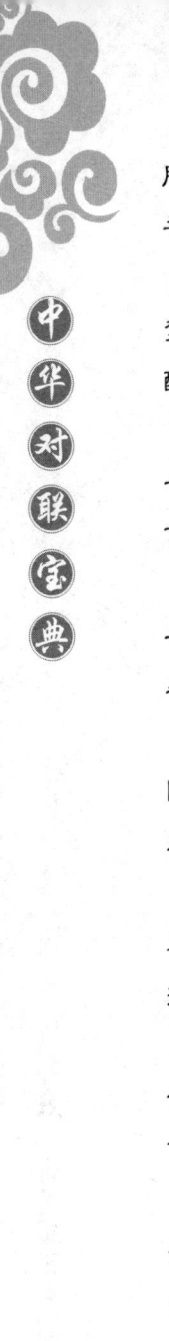

肝胆照人如雪色
书篇掷地作金声

一窗月影兼花影
满室书香并墨香

墨池烟霭花间露
茗鼎香浮竹外云

梦中得句诗无字
醉后挥毫笔有神

室有奇书樽有酒
门无俗客案无尘

书藏应满三千卷
人品当居第一流

千古文章书卷里
百花消息雨声中

泼墨为山皆有意
看云出岫本无心

好书悟后三更月
良友来时四座风

一帘花影云垂地
半夜书声月在天

诗书千载经纶事
松竹四时潇洒心

游山五岳东道主
拥书百城南面王

随时纵论古今事
尽日放怀诗酒间

蕉分新碧侵书架
茶带余香入砚池

客去茶香留舌底
睡余书味在胸中

喜伴诗书抛永夜
漫夸肝胆照平生

博藏古今清香满
独受雅静志趣高

山川春色凭君写
今古风流任我评

停车遥望孤云影
下笔长为骤雨声

笔海文河成墨浪
梅烟竹月荻书声

山水幽深襟怀妙远
诗书夙好心气和平

开卷神游千载上
垂帘心在万山中

窗含水曲琴书韵
人读花间字句香

草帖新书词林欣赏
兰亭妙本学海珍藏

吟成佳名花皆舞
谈到奇书兴欲狂

深院抄书桐叶雨
曲径寻句藕花风

好花四时月白千古
远峰一角奇书半床

夜读茶经能止渴
朝临米帖可充饥

芝兰入室香俱化
书画当庭韵最清

学问无穷曾三颜四
光阴有限禹才陶分

与善人交如入芝兰室
从良师学幸登桃李门

何物动人二月杏花八月桂
有谁催我三更灯火五更鸡

富不读书纵有银钱身何贵
贫而好学曼无功名气亦豪

世事如棋让一着不为亏我
心田似海纳百川方见容人

环壁列奇书有史有文堪探讨
小楼多佳日宜风宜雨足安居

庭有嘉荫室有藏书天下事随处而安即此是雕梁画栋
卜得芳邻居成美境田舍翁问心已足漫言应列鼎鸣钟

内室联

梅香入梦
竹影横窗

绣户祥光满
纱窗曙色新

临水看云去
钩帘诗月来

有芝兰气
闻丝竹声

祥光临绣户
喜气入兰房

银瓶花解语
金枕玉生香

兰花香入梦
麟趾庆充闾

松柏当庭秀
芝兰入室香

寻花春起早
爱月夜眠迟

玉燕春声巧
石麟夜梦新

香开梅映月
爽抱竹鸣秋

绮窗延皓月
绣幕引熏风

风清杨柳秀
月淡海棠荫

溪声来枕上
山翠落樽前

春入翠闱花欲笑
风来绣室玉生香

五 实用对联集锦

雨卷珠帘绣阁晓　　珠帘夜卷邀明月　　夜静青灯频吐焰
风翻蕉叶画楼春　　绣阁春深护彩云　　宵寒红袖更添香

春晓凝妆窥柳色　　芙蓉夜月水晶镜　　月侵一帘花影瘦
天寒同梦庆梅花　　杨柳春风烟墨图　　风摇半榻竹荫凉

厨房联

春霭庖厨暖　　焰色映春色　　碧螺壶中香扑面
梅调鼎鼐香　　梅香和菜香　　绿茶盏内味如春

珍厨凝瑞气　　巧厨调美味　　斟酌得宜斯是美
宝鼎吐祥云　　妙手绣春光　　咄嗟可办亦称能

金钟腾瑞气　　寻常无异味　　常将有日思无日
玉鼎吐祥光　　鲜洁即家珍　　莫把无时作有时

常饮千斛黍　　岁推春作首　　淡饭清茶有真味
偶品百和羹　　民以食为天　　明窗净几是安康

浓淡调世味　　山肴野蔌含真味　　雪水烹茶天上味
甘苦试人心　　麦饭葡羹养太和　　桂花酿酒月中香

日制馨香味　　美味招来云外客　　有盐同咸无盐同淡
时烹山海鲜　　清香引出月中仙　　冷水要挑热水要烧

亭台、楼阁、舟室、园林、别墅联

松柏有本性
园林无俗情

月朝帘里照
云在楼中悬

溪声常在耳
山色不离门

风静花自落
鸟鸣山更幽

远岫碧千里
夕阳红半楼

柳烟笼岸碧
草色入帘青

摇竹一身雨
摘花满手香

楼小听春雨
峰多望夏云

桂香浮淡月
竹影乱清风

园静花留客
林深鸟唤人

窗小千峰近
楼高万木低

田有桑麻绿
路无车马喧

水清花自照
风暖鸟相呼

白云依远岫
明月照高楼

鸟宿池边柳
云生户外峰

卷帘花气入
移座鸟声喧

韶光开锦绣
春色上楼台

高枕随流水
轻帆任远风

地静人常逸
山青花欲燃

花逢微雨好
人爱夕阳红

风光行处好
景物望中新

楼阁烟云里
山河锦绣中

阁拥江边树
楼融雨后山

亭间流水齐今古
雨外青山看有无

江城如画里
楼阁入云中

石榻看云坐
溪窗听雨眠

树影不随明月去
荷香时与好风来

地多种竹欲留鹤
池不栽莲恐碍鱼

水色山光皆画本
花香鸟语总诗情

此处有碧湖翠柏
其志在流水高山

静坐莲池香满袖
晓行花径露沾襟

花不知名难报客
竹因有节可迎宾

三春花满香成海
八月涛来水作云

幽禽不见但闻语
野草无名都著花

对松也许成知己
看竹何须问主人

怀人倚杖临秋水
望景和吟对白云

花影不离身左右
鸟声只在耳东西

雨脚远连山脚暗
杏梢斜倚竹梢红

园林买得价休论
蹊径何妨我别开

林荫绿树春中老
竹马青梅影里来

水清石出鱼能数
竹密花深鸟自啼

看竹客来双屐雨
寻诗人坐一庭秋

斜日浴红秋水上
好山横碧画桥西

眼界高时无物碍
心源开处有波清

大河千里水东注
明月一天人独来

客中客入画中画
亭外亭看山外山

乍雨乍晴花易老
耐霜耐雪柏长青

冬去情怀询垂柳
春归消息问落花

半榻有诗邀月赏
一春无事为花忙

背树楼高迎月早
临湖窗润占山多

别墅初栽新竹木
幽居先辟小蓬莱

苍松翠竹真佳客
明月清风是故人

竹里登楼人不见
花间寻路鸟先知

春水船如天上坐
秋江人在镜中行

荷深似入茗溪路
石怪疑行雁荡间

一池荷叶衣无尽
数亩松花食有余

缆系碧芦云绕去
棹穿明月夜归来

飞觞共醉天边月　　　　澄波影里星辰动
鼓棹长开水上花　　　　夹岸花间窗户香

芦荻丛中依小艇　　　　剪月裁云好花四季
芰荷乡里是吾家　　　　穿林叠石流水一湾

一心不为风波乱　　　　似入万重山不离三亩地
半榻常对天地宽　　　　欲穷千里目更上一层楼

载酒每邀新月色　　　　不设藩篱恐风月被他拘束
临流快听隔芦歌　　　　大开户牖放江山入我襟怀

客房联

芝兰气味　　　逢人觅诗句　　　和气春风贤者坐
湖海襟怀　　　留客听泉声　　　静山流水玉人杯

四时皆佳景　　竹风留客饮　　　挥毫对客春如意
满座具高朋　　松月伴宾茶　　　酌酒谈天月知心

竹深留客处　　燕陪诗客语　　　窗前弹琴报春曲
荷净纳凉时　　萤照古人书　　　屏上墨画迎客松

鹊迎远来客　　爱客襟怀春满座　客到庭前竹方翠
梅报新到春　　照人肝胆月盈庭　诗成座上兰更香

客至春呼梦　　明月清风开朗韵　三泾绿时人醉月
诗成月助吟　　高山流水有知音　百花红处客寻春

莫放春秋佳日过　　丽日楼台春似海　　盘餐市远无兼味
最难风雨故人来　　清风杖履客如仙　　樽酒家贫只同陪

花影忽摇知友至　　倾壶诗客花开后　　花径不曾缘客扫
竹梢微动觉春来　　出竹吟诗月上初　　蓬门今始为君开

3. 庆典联

庆典联概说

　　庆典联，也就是我们常说的"贺联"。庆典包括人生庆典和行业庆典，生活中较常见的是人生庆典，如结婚、祝寿、祝贺生育添丁以及祝贺乔迁、建房。这几件喜事，都是人的一生中必然会全部或部分遇到的，不仅是中国人，在其他民族、其他文化中，当这几件喜事发生的时候，人们都会举行热闹的聚集仪式，尽情地欢畅玩乐一番。对联中的贺联，是我国文化独有的庆祝方式。写贺联，首要的是喜庆，不能有任何不祥、不美好、不喜悦的词语和语句出现。其次是根据不同的喜事，会有完全不同的贺联用语，这些用语一般是不能混用的。

集　锦

贺婚联

百年好合
一代风流

鸳鸯比翼
夫妇同心

白头偕老
同心永结

新人入户
喜气盈门

天作之合
文定厥祥

鸳鸯并立
凤凰共栖

男婚女嫁
夫德妻贤

山盟海誓
地久天长

天长地久
花好月圆

互尊互助
相爱相亲

婚谐凤卜
礼绍牵羊

吹箫引凤
扫榻迎宾

志同道合
花好月圆

夫妻恩爱
鸾凤和鸣

凤凰鸣矣
琴瑟友之

一对钟情侣
百年好合婚

志同道合
意厚情长

花团锦簇
云灿星辉

永偕伉俪
久缔良缘

三星喜在户
百年歌好合

月圆花好
凤舞龙飞

花开并蒂
偶结同心

欢腾彩凤
理应祥麟

四季花常好
百年月永圆

良辰美景
盛世新婚

凤麟起舞
奎壁联辉

诗题红叶
彩耀青鸾

百年琴瑟好
千载凤凰翔

鸳鸯对舞
鸾凤和鸣

洞房春暖
夫妻情浓

箫管齐奏
凤凰来仪

百年偕白首
两人结同心

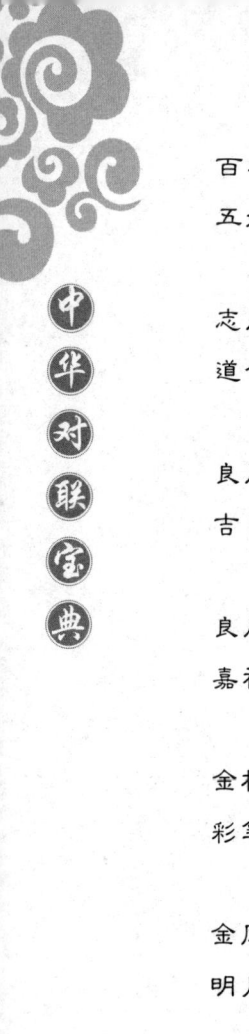

百年颂美眷
五好勖新人

志同感情好
道合幸福多

良辰辉绣幕
吉日过嘉门

良辰占吉庆
嘉礼演文明

金杯斟喜酒
彩笔写婚书

金风过静夜
明月是洞房

金风暖清夜
皓月照洞房

花容羞月色
秋夜作春宵

花烛生光彩
琼筵燕喜新

祥云拥大道
喜气满闾门

喜高朋满座
迎玉女临门

琴瑟春常润
人天月共圆

琴和瑟亦静
花好月为圆

鸟入同行侣
花开连理枝

屏中金孔雀
枕上玉鸳鸯

彩笔题鹦鹉
焦桐引凤凰

琼楼新眷属
洞府美鸳鸯

春风人共醉
笑语燕双飞

甜蜜同心果
长春连理枝

蓝田曾种玉
红叶自题诗

向阳花竞艳
比翼鸟双飞

梅帐甘同梦
兰房送异香

梅吐流苏帐
酒斟合卺杯

新婚贺双美
齐乐庆百年

鸳鸯百岁好
鱼水两情深

凤凰鸣瑞世
琴瑟谱新声

并蒂花最美
同心情更真

云拥妆台晓
花迎宝扇开

芝兰千载茂
琴瑟百年亲

创业成知己
新婚结同心

结成平等果
开出自由花

天上常圆月
室中互爱人

鼓瑟迎嘉客
吹笙引凤凰

玉人同月朗
秋水共情长

门庭多喜气
花月正春风

摄成双璧影
缔结百年欢

卿云辉绣幕
瑞气霭华堂

卿卿相敬礼
燕燕效于飞

染黛成佳牍
咏雪谱新诗

滴露朝研黛
添香夜读书

深杯浮绿蚁
明镜舞青鸾

健笔泰山试
雄文绣阁裁

健笔凌鹦鹉
瑶笙引凤凰

红莲开并蒂
彩凤庆双飞

凤凰作世瑞
琴瑟作和声

佳诗传谢女
博议著东莱

同谋百世业
共创合家欢

调羹称素手
举案效齐眉

青庐悬彩帐
白璧种蓝田

新迎期白首
交拜设青庐

花开京兆笔
梅点寿阳妆

双莺鸣高树
偶燕舞繁花

光射屏中雀
名标阁上麟

新婚行新礼
春燕衔春泥

青鸟传佳讯
红梅绚早春

香生花并蒂
彩结缕同心

暖生九华帐
喜溢七香车

传芝新酒韵
调意合琴心

举行平等礼
缔结自由婚

芝兰茂千载
琴瑟乐百年

五 实用对联集锦

锦瑟调鸿案
香词谱凤台

教以和谐度日
期之勤俭持家

一曲求凰终引凤
九霄攀桂始乘龙

玉堂梅似雪
翠帐月为钩

槛外红梅齐放
檐前紫燕双飞

一副喜联迎淑女
三杯美酒贺新郎

炬映香车人
花迎宝扇开

昼恋洞房春暖
还争金榜名扬

二姓联婚成大礼
百年偕老乐长春

才高鹦鹉赋
春入凤凰楼

银河双星庆会
金屋大礼观成

三杯薄酒迎乡女
一席淡菜宴佳宾

词赋传鹦鹉
笙歌引凤凰

喜迎亲朋贵客
欣接伉俪佳人

四境谐良风俗美
百年庆佳耦天成

良夜良宵良缘
佳男佳女佳偶

并蒂花双比美
连理枝两称奇

十里好花迎淑女
一庭芳草贺新郎

良日良辰良偶
佳男佳女佳缘

两个勤劳能手
一对恩爱夫妻

百岁同心百事乐
两情融洽两心知

花烛交心勉志
百年携手图强

一门喜庆三春暖
两姓欣成百世缘

百子帐开留半臂
五丝缕细结同心

易日乾坤定矣
诗云钟鼓乐之

一朝喜结千年侣
百岁不移半寸心

百岁夫妻常合好
千秋伴侣永和谐

易日乾坤定位
诗云夫妇造端

一线姻缘真善美
百年恩爱福康宁

千里姻缘一夕会
半生结缡百年亲

万里云天看比翼
百年事业结同心

人面如花添丽雅
春风似酒倍香浓

人勤耕作事农圃
新有室家长子孙

女爱郎才郎爱女
花添锦绣锦添花

女慧男才原有对
你恩我爱总相联

男好女好百年好
天和地和万载和

男女平等家庭乐
婚姻自主好处多

门书喜字乾坤大
户进新人岁月甜

门对青山含远翠
窗含嫩柳画新眉

今夕交杯传蜜意
来朝跃马赛风流

今日结成并蒂藕
明朝共戴英雄花

今日画眉春在手
他年攀桂月当头

今日结成幸福侣
毕生描绘锦绣图

水底月为天上月
心中人是面前人

双肩共挑家庭担
两手同浇幸福花

双飞黄鹂鸣翠柳
并蒂红莲映碧波

双情永系同心带
春意先临并蒂梅

双星牛女窥银汉
并蒂芙蓉映彩霞

日照蓬门添喜色
花开院落吐芳馨

日暖金兰来群燕
春和玉柳发新枝

月映花明花映月
鸾随凤舞凤随鸾

月下彩娥来跨凤
云间仙客喜乘龙

凤落梧桐梧落凤
珠联璧合璧联珠

凤管谐声欣得偶
雀屏中目不须媒

凤管久谐萧史配
梅花已点寿阳妆

凤凰枝上花似锦
松菊堂前人比肩

玉台词赋传鹦鹉
金阁花枝引凤凰

玉楼光辉花并蒂
金屋春暖日初圆

玉宇欣看金鹤舞
画堂喜听彩鸾鸣

玉镜人间传合璧
银河天上渡双星

五 实用对联集锦

玉树风前夸并倚
绣帏月里看双飞

红梅吐艳迎新丽
美酒飘香宴故交

芙蓉出水花正好
孔雀开屏月初圆

并蒂莲开莲蒂并
双飞燕侣燕飞双

红叶题诗欣赠嫁
青梅煮酒庆于归

名流喜得名门婿
才女欣逢才子家

并蒂开放向阳蕾
同心绽出幸福花

红花并蒂相映美
矫燕双飞试比高

名驹逸足腾千里
彩凤激音叶二南

并肩前进青春久
携手相帮恩爱长

此日同栽合欢树
来年共赏并蒂花

吉人吉时传吉语
新人新岁结新婚

并肩同走幸福路
携手共绘锦绣春

志同道合双飞燕
花好月圆并蒂莲

青山有意结白发
绿水多情弹恋歌

并肩同步长征路
齐心共谱幸福歌

志趣相投花亦笑
感情融洽月常圆

洞中三醉桃花酒
房内重温红叶诗

巧借花容添月色
欣逢秋夜作春宵

志同道合青春美
地久天长幸福多

柳色映眉妆镜晓
桃花照面洞房春

红叶题诗传厚意
赤绳系足结良缘

迎来阳光花心美
伴着理想爱情甜

柳荫双栖莫忘晓
荷塘并蒂当知时

红杏枝头春意满
彩云声里玉箫清

迎东风双燕飞舞
向旭日并蒂花开

柳暗花明春正半
珠联璧合影成双

红莲并放相争艳
紫燕双飞互比高

芙蓉镜映花含笑
玳瑁筵开酒合欢

容貌心灵双俊秀
才华事业两风流

容貌心灵双媲美
才华事业两竞新

花好月圆昭美景
天长地久祝新人

和睦家庭风光好
恩爱夫妻幸福长

爱长长得长长爱
情深深知深深情

花开并蒂鸳鸯暖
连理同心杨柳新

和声正值房中乐
佳偶应疑天上仙

爱情红花开四季
姻缘美果甜百年

花迎贵客清香远
柳沐东风春意浓

银镜台前人似玉
茜纱窗下语如诗

爱貌爱才尤爱志
知人知面更知心

花月新妆宜学柳
芸窗挚友早培兰

银汉双星欢七巧
春宵一刻值千金

爱有缘由情有种
学无止境业无穷

连理枝结同心果
比翼鸟奔小康程

情深互助互勉里
爱在相亲相敬间

结良缘承前启后
创伟业继往开来

金屋笙歌偕彩凤
洞房花烛喜乘龙

情种育出常青树
爱田浇开幸福花

结彩张灯良夜美
鸣鸾和凤伴春来

金屋春浓花馥郁
琼楼夜永月团圆

情歌唤醒水中月
喜酒润开庭前花

两姓联姻成大礼
百年偕老乐长春

金鸡昂首祝婚礼
喜鹊登梅报佳音

喜今日银河初渡
愿他年玉树生枝

花从静处香能久
爱到纯时品自高

佳偶同心偕白首
好花并蒂笑春风

喜盼今日成爱侣
谨记往后孝双亲

花好月圆美比翼
天长地久卜齐眉

和睦家庭春自满
勤劳门第福常临

喜今日心心相印
望来年宝宝逗人

五　实用对联集锦

喜逢佳节庆佳偶
好趁华年谱华章

瑶琴一曲双声奏
月殿三秋五桂香

几度新诗题红叶
十分恩爱到白头

喜结鸳盟同咏月
壮怀鹏志共凌云

瑶池晓日翔青鸟
月殿红云拥紫鸾

几处娇莺惊鼓乐
满村童稚看新娘

喜看伴侣偕欢日
恰是风华正茂时

碧沼红莲开并蒂
芸窗学友结同心

同跨骏马驰千里
共植桃花乐百年

笙韵谱成同梦语
烛花笑对含羞人

碧纱待月春调瑟
红袖添香夜读书

同心谱成幸福曲
并蒂开放向阳花

笙歌彻夜香车迓
箫鼓元宵宝镜圆

碧岸雨收莺语柳
蓝田日暖玉生烟

共结丝罗山河固
永谐琴瑟天地长

鸾凤双栖桃花岸
莺燕对舞艳阳天

碧海云生龙对舞
丹山日出凤双飞

共图家国平章事
同咏河洲窈窕篇

鸾凤和鸣昌百世
鸳鸯好合庆三春

燕投画阁祥云瑞
莺啭香帘春色浓

堂上画屏开孔雀
闺中绣幕隐芙蓉

鸾妆并倚人如玉
燕婉同歌韵似琴

燕舞莺歌春正丽
鸾鸣凤翥日方长

堂前奏笛迎宾客
户外吹箫引凤凰

瑶琴喜奏凰求凤
玉笛横吹蝶恋花
（入赘联）

夫妻恩爱青春美
家庭文明日月长

良缘永结心花放
喜气方升岁月欢

夫妻矢志竹成铁
婆媳同心土变金

良缘喜结鸳鸯谱
春色永驻劳动家

携手同浇理想树
并肩共赏幸福花

枝生玉殿美连理
花满瑶池艳并头

绣阁风和箫引凤
蓝田日暖玉生烟

携手栽培长青树
精心浇灌爱情花

杯交玉液飞鹦鹉
乐奏瑶笙引凤凰

鸳鸯相戏水色美
琴瑟偕弹福音多

天上笑看星伴月
人间喜见凤求凰

眉间黛色临张稿
窗下交心著吕书

谈爱宜谈纯洁爱
结婚当结自由婚

天结良缘绵百世
凤成佳偶肇三多

珍珠入掌门楣喜
兰蕙吐芳庭院新

琼楼月皎人如玉
绣阁花香酒似诗

海阔天空双飞翼
月圆花好两知心

宝马迎来云外客
香车送出月中仙

勤劳手脚贫穷少
恩爱夫妻欢乐多

海誓山盟期百岁
情投意合乐千觞

烟开香叶兰风起
春入桃花暖意匀

意似鸳鸯飞比翼
情同鸾凤宿同林

琴瑟和谐家庭乐
婚姻自主幸福多

凌空如同比翼鸟
在地恰似连理枝

新结同心香未落
长守山盟情永鲜

琴瑟永谐千岁乐
芝兰同茂百年春

得意唱随山水外
钟情招入图画中

嫁女喜逢吉祥日
送亲正遇嘉庆时

沧海月明珠献彩
蓝田日暖玉生香

莺声日暖鸣金谷
麟趾春深步玉堂

满座嘉宾漾喜气
一声花炮迎新人

泾满红花红满泾
门盈喜气喜盈门

笑拥梅花迎翠步
题留红叶动仙娥

蓝天高鸳鸯比翼
红心结龙凤呈祥

五 实用对联集锦

锦瑟声中鸾对舞
玉梅花际凤双飞

鹊桥初架双星渡
熊梦新澂百子祥

秦晋缘中星伴月
鸳鸯阁里璧联珠

配佳偶知寒知暖
结良缘同德同心

白头偕老传佳话
红烛齐辉照丽人

待月西厢成佳偶
袒腹东床庆齐眉

轻描黛眉欣此日
同骑竹马忆当年

已建新家盟白首
更为祖国献青春

赘婿如儿成两美
天伦叙乐庆百年
（入赘联）

灯旁互吐知心语
足下同登创业峰

座上飘香飘上座
堂中贺喜贺中堂

谐人谐世能经事
亦淑亦贤最可人

且看淑女成佳妇
从此奇男是丈夫

如意香生红玉宇
明珠光入紫微垣

岂只室家盟白首
更为时代奋青春

昔日同栽连理树
今朝共举合欢杯

晓天雨过琴书润
暖室风来翰墨香

正是莺歌燕舞日
恰逢花好月圆时

欣逢佳节迎淑女
聊备村醪谢亲朋

丹山凤凰双飞翼
东阁梅开并蒂花

为祖国添砖添瓦
给家庭增喜增光

对对莲开映碧水
双双蝶舞乘东风

种就福田如意玉
养成心地吉祥云

画屏射雀成双璧
桂树鸣鸾庆百年

齐家典则存三礼
经国文章在二南

莲子杯中金谷酒
桃花盖上玉台诗

兰引香风归乡纬
燕寻佳梦到金闺

皓月描来双燕影
寒霜映出并头梅

联翩丹凤舒新翼
并蒂红花攀高枝

相亲相爱新伴侣
互帮互学好夫妻

风送鸾箫声入市
云连凤辇喜临门

亲密胜似鸳鸯鸟
同心赛过比目鱼

家庭和睦歌声溢
琴瑟相谐乐事多

交杯勿堕青云志
蜜月应扬立业心

绕庭争看临风玉
照室更欣入掌珠

庆良缘山欢水笑
成佳偶女淑郎才

成家当思创业苦
举步莫忘蜜月甜

云路高翔比翼鸟
龙池深种并蒂莲

紫箫吹月依丹凤
绣幕临风舞彩鸾

长天欢翔比翼鸟
大地喜结连理枝

一代良缘九天丽日
八方贵客七色彩虹

举案齐眉示互敬
既婚仍友自相亲

向晓红莲开并蒂
朝阳彩凤喜双飞

万紫千红十分春色
双声叠韵一曲新歌

欢庆此日成佳偶
且喜今朝结良缘

自来自去梁上燕
相亲相爱水中鸥

日丽风和门庭有喜
月圆花好家室咸宜

文鸾对舞珍珠树
海燕双栖玳瑁梁

异乡当念故乡美
蜜月更觉岁月甜

日月知心红花并蒂
春风得意金屋生辉

友谊培植常春树
恩爱催开幸福花

赤诚招来飞鸿落
深情激得玉石开

风暖丹椒青鸟对舞
日融翠柏宝镜初开

午夜鸡鸣欣起舞
百年举案喜齐眉

咏雪庭中来淑女
生花笔底是才郎

凤凰鸣矣梧桐生矣
钟鼓乐之琴瑟友之

无限柔情融夜色
有为壮志奔晨光

品正人灵自引凤
曲新境美好来凰

凤吉谐占熊祥入梦
芝泥发彩兰蕊浮香

白首齐眉鸳鸯比翼
青阳启瑞桃李同心

爱雅年年年年雅爱
情深岁岁岁岁深情

艳福增添喜成佳偶
新词赞美欢洽来宾

同心同德幸福伴侣
互敬互爱美满姻缘

互敬互爱互勉德业
倾慕倾心倾诉衷肠

但愿和合百千万岁
为歌窈窕一二三章

并肩共挑革命重担
携手同绘四化蓝图

花烛光中山盟海誓
洞房深处道合志同

鹊桥喜渡相亲相爱
红叶题诗同德同心

并蒂迎春桃娇柳翠
双飞比翼花好月圆

花好月圆姻缘美满
天长地久幸福延绵

必齐之姜必宋之子
愿花长好愿月长圆

红花并蒂向阳开放
银燕比翼凌空飞翔

相爱相亲如鱼得水
同心同德似蝶迷花

室霭祥光花团锦簇
天生佳偶璧合珠联

红梅吐芳喜成连理
绿柳含笑永结同心

相亲相爱美满伴侣
互敬互助幸福家庭

又红又专两情鱼水
同心同德百岁鸳鸯

红透专深两情鱼水
情投意合百岁姻缘

男男女女恩恩爱爱
对对双双喜喜欢欢

人间乐事今宵最乐
盛世新婚此日尤新

红叶题诗情真意切
黄花酿酒醇厚香浓

美禽双栖嘉鱼比目
仙葩并蒂瑞木交枝

女爱男欢鸳鸯戏水
情投意合鸾凤朝阳

两情两愿姻缘美满
相亲相爱幸福安康

牡丹丛中蝴蝶双舞
荷花塘内鸳鸯对歌

琴瑟友之我昌厥后
凤凰鸣矣长发共祥

爱情纯真月圆花好
目标远大地久天长

宜室宜家勤俭为本
互相互爱劳动争光

琴瑟永谐百年佳偶
婚姻自由一代良缘

锦帐春浓祥占熊梦
华堂日永庆衍螽斯

劳动展开爱情羽翼
知识鼓满青春风帆

珠联璧合洞房春暖
月圆花好鱼水情深

曲拟鸾箫祥证凤卜
光生玉杵饮合琼浆

追其古今毅我士女
式相好矣宜尔室家

尊夫爱妻家庭美满
敬老爱幼生活欢欣

凤吉谐占熊祥入梦
芝泥发彩兰检浮香

珍惜家庭你敬我爱
建设祖国志同道合

鸾凤和鸣春光满目
燕客比翼壮志凌云

吉日良辰兰芷发色
华堂曲宴孔雀群翔

祝今日结成幸福侣
盼明朝共戴英雄花

庭院春长和鸣鸾凤
楣云瑞霭祉衍螽斯

彩集凤毛庆衍麟趾
瑞凝芝草祥发桐枝

继续长征喜成连理
大搞建设永结同心

红梅吐芳喜成连理
绿柳含笑永结同心

箫沏玉楼声和凤侣
花盈金属香满蟾宫

江上渔歌白鸥对舞
舟中春暖紫燕双飞

红花并蒂向阳开放
银燕比翼凌空飞翔

百辆盈门喜迎凤辇
三星在户雅奏鸾声

良缘自缔同甘共苦
喜事新办易俗移风

红锦裁云紫箫吹月
白圭无玷东箭有筠

今日成家眉梢添喜
来年致富生活更甜

芝秀兰馨荣滋雨露
鸿仪凤彩高焕云霄

玉树和风屏开翡翠
贵堂风静帘卷珊瑚

山水怡情福门望重
凤凰娱目鸿案辉生

俭朴联婚欢偕鱼水
勤劳致富喜溢门庭

雪映南窗梅标上范
箫吹画阁玉种蓝田

开镜香生门迎皓月
启窗花暖座有清风

暖日融融红玫朵朵
花香阵阵彩蝶双双

松筠贯四时而益翠
福禄其祉君子大喜

五 实用对联集锦

凤舞鸾翔熊咏虎啸
竹苞松茂桂馥兰芬

新郎新娘心心相印
似龙似凤事事呈祥

意重情深心心互印
恩知爱解息息相关

室霭祥光花团锦簇
天生佳偶璧合珠联

情深意浓夫妻恩爱
志同道合琴瑟和谐

箫引凤凰春生斑管
杯浮竹叶香到梅花

莺歌燕舞菊花吐艳
水笑心欢丹桂飘香

鸿案相庄百年偕老
凤台叶吉五世其昌

足系赤绳姻联两姓
诗题红叶恩爱百年

百花吐艳爱情花最美
万木生春连理木常青

交颈鸳鸯并蒂花下立
协翅紫燕连理枝头飞

白璧种蓝田百年合好
红线牵绣帏今世良缘

结两姓姻缘山盟海誓
祝百年伉俪地久天长

白雪无尘如纯贞情爱
红梅有香似美好心灵

绿叶衬红花花繁叶茂
情歌谱新曲曲美歌甜

情深意长合春江鱼水
志同道合结百岁鸳鸯

吉日良辰成百年好事
诗情词调吟一曲鸾歌

情深意厚结幸福伴侣
志同道合建甜蜜家庭

新莲沐朝阳并蒂竞绽
乳燕借东风比翼齐飞

花好月圆关雎歌古调
风和日丽红豆发新枝

蓝天高正好鸳鸯比翼
华灯亮欣看龙凤呈祥

英男靓女恋心成眷属
吉日良辰爱情续新篇

玉烛生辉喜兆千秋鸾凤
银灯结彩祥言百代鸳鸯

有此佳妇佳儿莫非天赐
真个宜家宜室正是良缘

新婚新家新人人人如意
佳期佳景佳时时时称心

结伴侣红花并蒂相映美
配佳偶娇燕双飞试比高

小两口描图绘景心相映
好夫妻春播冬藏汗共流

并肩前进自是云天比翼
结伴长证定当风雨同舟

相敬如宾也可夫随妇唱
情深似海休言男尊女卑

爱情花并蒂花开开不败
夫妇心常偕心乐乐无穷

缕结同心日丽屏开孔雀
莲开并蒂影摇池上鸳鸯

缔良缘两心赤诚喜大庆
结知音百年美满乐长春

此去有家切记克勤克俭
再来无议才算乃贤乃良

恩爱夫妻情似青山不老
幸福伴侣意如碧水长流

唯求爱永恒一生同伴侣
但愿人长久千里共婵娟

愿天下有情人终成眷属
作世间贤伉俪也算神仙

知己难求白璧终归获主
良缘易合红叶亦可为媒

举酒贺新婚情与河山共久
纵情歌盛世心随天地长春

夫妻情长苍松翠柏润春色
证途路远玉树琼姿绽新蕾

日暖风和伉俪同心山成玉
月圆花好夫妻协力土变金

好伴侣相爱相让相勉相谅
新青年互敬互学互信互帮

五 实用对联集锦

鸟恋林鱼恋水情哥恋情妹
云配月叶配花佳女配佳男

鸟语花香好春一幅天然画
宾欢主乐嘉客满堂锦上花

红雨花村交颈鸳鸯成匹配
翠烟柳驿和鸣鸾凤共于飞

红叶题诗诗传红叶成伴侣
蓝田种玉玉出蓝田结凤凰

志同道合同德同心花吐艳
日新月异新人新事桂生香

相敬如宾好好和和四季乐
钟情似海恩恩爱爱百年长

爱由情钟从古良缘须自愿
境乃心造如今佳偶胜天成

爱情姓什么姓真姓美姓善
结婚成何事成人成名成家

绣阁灯明鸳鸯并立齐欢笑
妆台镜照鸾凤和鸣共吐心

你敬我爱你我好比鸳鸯鸟
意合情投意情恰似连理枝

结发一心百岁夫妻良配偶
丝系双足千秋鸾凤永和鸣

俭朴联婚幸福花开千朵艳
勤劳致富光荣榜列万家欢

婚礼从俭三杯清茶谢高谊
喜事新办一席浓语酬嘉宾

喜酒杯杯喜事喜逢喜日子
新风处处新人新建新家庭

紫燕双双容貌心灵都俊美
红花朵朵才郎淑女更风流

鞭炮声声玉笛琴弦迎淑女
欢歌阵阵金箫鼓乐贺新郎

劳动缔姻缘此日更添情爱
春风扬喜气相期莫负青春

新婚堂内红花并蒂相映美
小康途上娇燕双飞试比高

不愿如鸳鸯卿卿我我戏浅水
有志学海燕朝朝夕夕搏长风

嘉会际文明翠帐初证双璧影
良辰占吉庆盛仪喜见七香车

有志有德有识才是文明门第　　　佳偶自天成成男成女成夫妇
相知相亲相助方为幸福家庭　　　良缘随心有有家有室有儿孙

此日喜成婚海誓山盟期百岁　　　鸳鸯爱碧水畅游同歌乾坤暖
今朝劳玉驾谈今论古饮千觞　　　鸿雁喜蓝天高飞共享日月光

携手结伴侣眼角眉梢添春色　　　朝阳彩凤喜双飞建千秋壮业
同心话爱情灯前月下有知音　　　向晓红莲开并蒂树一代新风

男女并肩为锦绣河山添异彩　　　不愿似鸳鸯卿卿我我嬉戏浅水
夫妻携手向伟大祖国献青春　　　有志学海燕风风雨雨比翼高飞

花烛下宾客满堂齐赞简朴办事
洞房中新人一对共商勤俭持家

佳期值佳节喜看阶前佳儿佳妇成佳配
春庭开春筵敬教座上春日春人醉春风

贺寿联

通用寿联

福如东海	人歌上寿	老骥伏枥	幸逢盛世
寿比南山	天与遐龄	余热生辉	乐享遐龄
福同海阔	人增高寿	大德必寿	地天同寿
寿与天齐	天转阳和	美意延年	日月齐光

松苍柏翠　　仁慈殷实　　春云霭瑞　　名高北斗
人寿年丰　　获寿保年　　宝婺腾辉　　寿比南山

喜迎新岁　　立功立德　　颐性养寿　　梅开北海
欢度晚年　　寿园寺民　　屡获喜祥　　曲奏南薰

一景悬宝婺　　岁老根弥壮　　青松多寿色
九酝湛金觞　　阳骄叶更荫　　丹桂有丛香

鹤算千年寿　　松心应耐雪　　树老多神韵
松龄万古春　　鹏力会冲天　　年高有雅情

与乾坤为寿　　松高枝叶茂　　高风传乡里
和日月齐光　　鹤老羽毛丰　　亮节昭后人

声名高北斗　　松柏长春茂　　仙鹤千年寿
甲子配南山　　颐年养性情　　苍松万古春

青松多寿色　　松龄长岁月　　岁大勤活动
丹桂有丛香　　鹤语记春秋　　年高喜健康

菊水人皆寿　　松柏老而健　　寿同山峦老
桃源境是仙　　芝兰清且香　　福共海天长

榴花红献瑞　　松鹤千年寿　　筹添沧海日
柏叶翠凝香　　子孙万代长　　松祝晓春天

灵芝望三秀　　云霞成异彩　　九如天作保
玉树起千寻　　松柏表清姿　　五福寿为先

性情陶乐礼　　白鹤翔万里　　仁者无量寿
年力富春秋　　红桃寿千秋　　此翁更精神

泰岱松千尺　　人老一身劲　　幸福征寿考
丹山凡九苞　　花明满眼春　　大年享太平

如梅花挺秀　　心宽能增寿　　筵前倾菊酿
似松树长青　　德高可延年　　堂上祝椿龄

佳辰逢岳降　　光景天天好　　德藻遐龄迈
瑞气霭春晖　　寿辰岁岁增　　威宣武节扬

南山欣作颂　　野鹤无凡质　　上苑梅花早
北海喜开樽　　寒松有本心　　仙阶柏叶荣

古松千岁树　　福如东海阔　　灵芝呈五色
明月一池莲　　寿比南山高　　玉树起千寻

人间春酿熟　　花争秋后美　　青龙攀玉树
天上寿星明　　人敬老来红　　白虎架金桥

北斗临台座　　长青松有色　　颂献南山寿
南山献寿诗　　高寿域无疆　　祥开北斗樽

人老心不老　　菊水人皆寿　　椿树千寻碧
年高志愈高　　桃源境是仙　　蟠桃几度红

五　实用对联集锦

福与山河共在
寿和日月同辉

蟠桃捧日三千岁
吉柏参天五十围

南极星临衡岳朗
北堂萱映海天明

指南山而作颂
倾北海以为樽

东海白鹤千秋寿
南岭青松万载春

春放百花晴献寿
云呈五色晓开樽

仁者有寿者相
福人得古人风

年高喜赏登高节
秋老还添不老春

高龄稔许同龟鹤
瑞世应知有凤毛

乃文乃武乃寿
如梅如竹如松

红梅绿竹称佳友
翠柏苍松耐岁寒

堂前燕舞迎春舞
院内莺歌祝寿歌

汉柏秦松骨气
商彝夏鼎精神

华屋常悬仁寿镜
高堂盛放吉祥花

紫松树里千年鹤
清风池边五色云

瑶草奇葩不谢
青松翠柏常青

足食足衣晚景好
勤耕勤种夕阳红

稀龄喜晋长春酒
盛世欣开松鹤图

福星高照满庭庆
寿诞生辉合家欢

诗咏兰台歌上座
樽开北海乐天忧

琥珀盏斟千岁酒
琉璃瓶种四时花

福禄寿三星共照
天地人六合同春

幸福门前松柏秀
安乐堂上步履轻

霄汉鹏程腾九万
锦堂鹤算颂三千

福海朗照千秋月
寿域光涵万里天

室有芝兰春自韵
人如松柏岁长新

春日融和欣祝寿
寿星光耀喜迎春

蟠桃已结瑶池露
玉树交联阆苑春

庭前多种忘忧草
头上新簪益寿花

柏节松心宜晚翠
童颜鹤发胜当年

桂馥兰馨春不老
年高德劭福无穷

自是牡丹真富贵
果然松柏老精神

健体欣逢家国盛
高龄不论子孙多

菊花潭里人同寿
扬子江头海不波

寿同松柏千年碧
品似芝兰一味清

寿域无涯宜友鹤
童心不老为观花

千尺松筠霜后翠
五云花浩日边红

杏花雨润韶华灿
椿树云深淑景长

彩笔不随年岁老
华章偏映夕阳红

天上众星拱北斗
世间无水不朝东

青霜不老千年鹤
锦鲤高腾太液波

海屋有筹多附鹤
春城无处不飞花

心地光明宜福寿
精神爽朗自康强

胸怀淡泊人长寿
心气平和体健康

桃李第随春水绿
桑榆偏向夕阳红

云霞辉映千年鹤
雨露滋润九畹兰

大好时光挥余热
太平盛世祝遐龄

不愁老圃秋容淡
犹有黄花晚节香

凤高渐展摩天翼
山翠遥添献寿杯

人上证途心不老
志朝峰顶景长春

健身妙术为劳动
长寿良方是乐观

凤凰枝上花如锦
松菊堂中人比年

大鸟鹏飞九万里
蟠桃果熟三千年

常思进取忘年老
未敢蹉跎度韶华

白雪欢歌翻寿曲
淡云坚石傲松年

足食丰衣晚景好
勤耕苦读老来红

年丰喜看花千树
人寿笑斟酒一杯

年高喜看花千树
人寿笑敬酒一杯

几行红树来佳气
一抹青山是寿眉

朱颜醉映丹枫色
华发疏同老鹤形

五 实用对联集锦

万里云霞开寿域
满园桃李颂春风

已为老骥常斯枥
化作春泥更护花

休辞客路三千远
须念人生七十稀

天上星辰长作伴
人间松柏不知年

一贯劳动保本色
平生廉洁树新风

千岁蟠桃开寿域
九重春色映霞觞

山静日长仁者寿
荷香风善圣之清

万斛秋香飘宇宙
五方佳气接蓬莱

五色云中三瑞草
九重天上万年松

北海清樽开黛色
高堂华宇照春晖

岁序更新添寿考
江山竞秀显英才

青春四海抒豪气
白首九州写壮怀

爱日恩深歌长寿
慈云瑞霭乐延年

人如天上珠星聚
春到筵前柏酒香

万壑松风增寿色
四时花鸟壮诗情

天上星辰应作伴
人间岁月不知年

芝兰气味松筠态
龙马精神鸥鹤姿

花开红杏酣春色
酒进南山作寿杯

青松增寿年年寿
丹桂飘香户户香

松风高驻千年鹤
玉露长滋五色芝

露润青松多寿色
月明丹桂酿灵根

福禄光明使君寿考
吉善长久宜我子孙

福寿无边国恩家庆
今昔殊异苦尽甘来

红杏在林寿证二月
碧桃满树时诗三春

红灯高照福庆长乐
爆竹连声寿祝久安

北极同荣南极同寿
灵芝为圃丹桂为林

南极辉腾彤云瑞霭
西池宴会绛雪香芳

景星庆云和风甘雨
醴泉芝草雪藕冰桃

白发朱颜宜登上寿
丰衣足食乐享晚年

体健身强宏开寿域
孙贤子孝欢度晚年

添福添寿年高卫武
如松如柏算似庄椿

璞玉浑金是寿者相
碧梧翠竹得气之清

鹤发童颜宜登上寿
丰衣足食乐享晚年

寿酒盈樽春风满座
嵩山比峻南极生辉

白发朱颜宜登上寿
丰衣足食颐养天年

北国开樽西园载酒
南山献寿东阁宴宾

子敬孙贤福如东海
体强身健寿比南山

大德仁翁多福多寿
南山松柏越老越坚

诗谱南山筵开西序
樽倾北海彩绚东阶

序届阳春春同松柏
寿称同瑞瑞献芙蓉

得古人风有为有守
唯仁者寿如冈如陵

绿野云开丹崖春霁
瑶池桃熟海屋筹添

家家喜见松鹤千年寿
处处笑迎祖国万代春

精神矍烁似东海云鹤
身体健康如南山劲松

穷且弥坚不坠青云之志
老当益壮须珍皓首余晖

大上太阳光照山河万里
人间高寿喜看兰桂盈庭

飒飒金风声奏丰收乐曲
朗朗秋月光照长寿人家

一片冰心柏节松贞持晚景
满庭瑞气兰芳桂实灿朝霞

乐享遐龄寿比南山松不老
生逢盛世福如东海水长流

酒洌花香幸有丰功酬壮志
时和人瑞喜从盛世祝遐龄

五、实用对联集锦

福地人勤荷锄载月三星朗
南山寿考傲雪凌霜一柏坚

曲谱南薰四月清和逢首夏
樽开北海一家欢乐庆长春

冰冷霜寒五岳劲松曾傲雪
风和日暖一城古柳尚争春

乾坤为寿桂馥兰芳青山翠
日月齐光花明柳媚碧水长

四海皆春万里云霞开寿城
百花竞艳一梁雏燕闹华堂

恩德盖世共乐光天呼万岁
功勋耀祖宏开寿域祝千秋

蓬莱仙境幻若蜃楼生此地
南极寿星真如图画是斯人

吞吐风云大鹏九万里驰南北
沉酣泉石灵椿八千岁为春秋

女寿星通用联

秀添慈竹
荣耀萱花

慈竹青云护
灵芝绛雪滋

勤劳酿就延龄酒
俭朴绽开益寿花

辉腾宝鹜
香发琪花

岁寒松晚翠
寿暖惠先芳

芝兰玉树竞娟秀
青鸟蟠桃共岁华

蓬壶春不老
萱室日原长

南极星临山岳幼
北堂萱映海天晴

萱草含芳千岁艳
桂花香动五株新

瑶池春不老
寿域日开祥

松柏长滋仙掌露
凤凰新浴碧池春

玉露常凝萱草绿
金风远送桂花香

玉树盈阶秀
金萱映日荣

麻姑赐得长生酒
天女敬来益寿花

风和旋阁恒春树
日暖萱庭长乐花

萱花欣永茂
梅蕊庆先春

男女双寿联

寿庚寿婺
如竹如梅

泰岱松千尺
丹山凤九苞

福如王母三千岁
寿比彭祖八百年

椿萱并茂
庚婺同明

青松多寿色
丹桂有丛香

丹凤传来王母使
青鸾驾递老君书

合欢花总艳
伉俪寿无疆

益寿花开并蒂
恒春树茁连枝

人近百年犹赤子
天留二老看元孙

松柏老而健
芝兰清且香

绕膝芳兰夸并茂
齐眉日月庆双辉

凤凰枝上花如锦
松菊堂中人并年

椿树千寻碧
蟠桃几度红

棠棣齐开千载好
椿萱并茂万年长

绕膝承欢图开家庆
齐眉同乐福降人间

男寿星切龄寿联

五十岁

半百光阴人未老
一生风雨志初酬

学到知非宏开寿域
年齐大衍共晋霞觞

五岳同尊嵩极峻
百年上寿日方中

太白当醉三万六千日
伯玉已知四十九年非

六十岁

二回甲子春初度
举目笙歌月正圆

一阳复体及耳顺
万物同春近眼来

百岁光阴传大业
半生甲子焕童颜

杯倾北海辰初度
颂献南山甲再重

延龄人种神仙掌
纪算春开甲子花

八月秋高仰仙桂
六旬人健比乔松

甲子重开如山如阜
春秋不老大德大年

花甲虽周身手犹能大显
精神尚旺骥骐定可争先

海屋添筹不记山中花甲子
华封多祝应知天上老人星

七十岁

人歌上寿
天与稀龄

一乡称长者
七十曰古稀

三千岁月春常在
六一丰神古所稀

当看九州今正盛
谁云七十古来稀

百花潭北杜工部
九老科中白乐天

自古称稀尊上寿
而今伊始东新春

杖国鸠扶人歌上寿
筹添鹤算天与稀龄

八十岁

卓尔经纶传渭水
飘然风致入香山

寿过古稀多十载
人祝期颐仅廿年

渭水一竿闲试钓
武陵千树放行舟

杖朝步履春秋永
钓渭丝纶日月长

八秩康强春秋永在
四时健旺岁月优游

迹隐丹崖品证琛玉
名齐渭水胸贮经纶

桃熟三千欣看献瑞
旬开八十庆喜添筹

宝树灵椿三千甲子
龙眉华顶八十春光

白发朱颜登八旬大寿
丰衣足食享幸福晚年

百岁能预期廿载后如今日健
群芳齐上寿十年前已古来稀

九十岁

三千岁月春常在
九秩丰神古所稀

桃花已发三层浪
人瑞先证五色云

瑶池桃熟三千度
海屋筹添九十春

九秩曾留千载寿
十年再进百龄觞

漫道世间难逢百岁
且看堂上再过十年

明月有恒纪年合献九秩寿
长春不老添闰当称百岁人

丘壑足烟霞九十年来留逸志
屋堂多雨露八旬寿后又逢春

一百岁

百岁为高寿
一言乃万金

世间真人瑞
地上活神仙

人生不满公今满
世上难逢我竟逢

天边已满一轮月
世上同钟百岁人

古稀已是寻常事
上寿今逢百岁翁

桃熟三千老人星耀
春光百载华宴歌喧

莫道人生无百岁
须知草木有重春

百年长寿祝吾岂敢
终岁勤劳唯我不辞

女寿星切龄寿联

五十岁

庭闱长驻三春景
海屋平分百岁筹

花乃金萱开六甲
星真宝婺焕中天

蟠桃捧日三千岁
萱树参天五十围

纪寿欣逢新甲子
培香喜缀早丹花

记八千为一春萱草千年绿
再五十便百岁桃花万树红

六秩华诞新岁月
三迁慈训大文章

设帨遇芳辰百岁期颐刚一半
称觞有莱子九畴福寿已双全

八月秋高仰仙桂
六旬人健比乔松

六十岁

桃熟正逢花甲茂
兰开又遇寿筹添

延龄人种神仙草
纪竹新开甲子花

宝婺星辉延六秩
蟠桃献寿祝千秋

玉芽久种春秋圃
青液频浇甲子花

彤管飞音歌玉树
绿云分彩护金萱

桃熟正逢花甲茂
兰开几阅寿筹添

玉树阶前莱衣竞舞
金萱堂上花甲初周

六十年华似芙蓉出水
二回甲子如桃李逢春

七十岁

一乡称寿母
七十庆古稀

年过七旬称健妇
筹添三十享期颐

蟠桃初熟老还健
萱草长春古来稀

寿衍七旬辉宝婺
堂开三代乐黛风

月满桂花延七秩
庭留萱草茂千秋

金桂生辉老益健
萱草长春庆古稀

日煦萱花云证异彩
天留婺宿人庆百年

论行在列女诸编可陶可欧可韦柳
介厘符九畴五福曰富曰寿曰康宁

八十岁

八旬且献瑶池瑞
四代同瞻宝婺辉

沧海月莹寿母相
瑶台仙近女人星

菱花当面照黄发
竹叶入唇醉耋龄

四代斑衣荣耋寿
八旬宝婺庆遐龄

鸾笙合奏和声乐
鹤算同添大耋年

萱寿八十八旬伊始
范福九五九畴乃全

八秩寿筵开萱草眉舒绿
千秋佳节届蟠桃面映红

八月称觞桂实投育延八秩
千声奏乐萱花迎笑祝千秋

逾古稀又十年可喜慈颜久驻
去期颐尚廿载预证后福无疆

九十岁

芝荣五色
图献九如

一乡称寿母
九十颂奇萱

九旬鹤发同金母
七秩斑衣学老莱

庆花甲一周添半
祝萱堂百岁有奇

瑶池果熟三千岁
海屋筹添九十春

堂北萱花荣九秩
天南宝婺耀千秋

华筵九秩莱子乐
慈训三迁孟母贤

悦动春风寿延九裹
萱标绛色庆诞千秋

开上寿初筵九十日耄
乐余年安康八千为秋

设帨溯当年喜花甲一周又半
称觞逢此日祝萱龄百岁添十

爱日仰期颐兰阶早酿十年酒
慈云周海岳莱彩犹载一树花

一百岁

天边将满一轮月
世上同尊百岁萱

海日蟠桃开寿域
天风奇鸟降蓬莱

家中早酿千年酒
盛世长歌百岁人

蓬莱盘进长生果
婺宿筵开百岁觞

瑶池喜晋千年酒
海屋欣添百岁筹

天上三秋婺星几转
人间百岁萱草长荣

桃熟三千瑶池启宴
筹添一百海屋称觞

妇德交称百年殊寿
孙荣竞秀五世其昌

贺长辈寿联

祖父

祖德恩长荫后德
孙贤学成耀前贤

德祖寿高苍松不老
贤孙志远事业长春

祖母

祖母今朝称寿母
慈龄盛世享遐龄

外祖父

海屋添筹春永驻
外孙祝寿福长荫

外祖母

华诞扬歌声满院
外孙祝寿酒盈樽

父亲

身强体健迎新纪
子孝孙贤庆鹤龄

严亲鹤发无量寿
吾父童颜不老星

桃熟三千祝父寿
椿劳四世庆仙龄

母亲

萱花春雨润
梓舍惠风清

丹桂飘香增福寿
壬林献瑞益康宁

天护慈萱母永健
云垂玉树岁长青

节届重阳福临寿母
喜逢秋日酒敬慈亲

岳父

仰丈人峰名高北斗
修半子礼颂献南山

岳母

桃熟池西图呈王母
萱荣堂北荫庇馆甥

堂北萱荣馆甥舞彩
池西桃熟王母称觞

舅父

足证盛德如公寿皆必得
若说不才像舅我岂敢当

舅母

自惭乏舅风小子无知久仰慈云叨庇护
今喜祝母寿长生不老永留爱日乐欢娱

贺教师、师长寿联

书多真富贵
寿大小神仙

桃李满园期寿考
诗书盈楹度春秋

文名高北斗
颂语献南山

培桃李以成行斯人必寿
颂莱台而介福大德恒昌

贺商界人士寿

利人兼利己
多寿亦多财

长者绝无市井气
寿翁久有斗山名

商界执牛耳
古稀晋鹤龄

学擅陶朱公有余
才同管子北海樽

仁人具寿者相
善士作富家翁

大德同南山寿不老
巨富如陶朱公有余

贺文艺家、作家寿联

文才高北斗
琴韵颂南山

词苑诗坛大手笔
鹿骑鹤驾老寿星

翰墨春光辉寿域　　　　气吞烟云情怡山水
丹青异彩入霞觞　　　　胸藏丘壑寿祝同陵

贺医学家、药学家寿联

盛世春秋共乐　　　　医国医人同兹医意
名医寿德同高　　　　寿民寿世亦以寿身

妙手回春人长寿　　　　学精术也精名医名士随君唤
慈心济世自延年　　　　人寿己同寿仙杏仙桃着意栽

贺生育联

通用贺生子联

麟书征国瑞　　　　绿竹生嫩笋
熊梦兆家祥　　　　红梅发新枝

天上长庚降　　　　舞鹤衔芝诗
人间英物啼　　　　祥麟吐玉来

世德徵麟趾　　　　英物啼声惊四座
家声毓凤毛　　　　德门喜气洽三多

玉槐徵国瑞　　　　海上蟠桃欣结子
窦桂兆家祥　　　　月中仙桂喜生枝

石麟果是真麟趾　　　宁馨生应文明运
雏凤清于老凤声　　　大器培成干济材

临风玉树对阶舞　　　螽斯已应当年瑞
照眼明珠入室来　　　麟趾还呈异日祥

风暖兰阶花吐秀　　　天送石麟祥云绚彩
雷惊竹院笋抽芽　　　怀投玉燕呈梦应昌

方记珊瑚成连理　　　以似以续克昌厥后
乐闻家室结珍珠　　　维熊维罴长发其祥

啼声报喜得佳子　　　苟氏人龙薛家三凤
春光盈门育英才　　　燕山五桂蜀国双珠

啼声惊座知人杰　　　积得累仁自求多福
佳气充闾卜世卿　　　承先启后生此宁馨

德门喜气添一子　　　降麟诞凤合家喜庆
英物啼声惊四邻　　　培德启智为国育才

锦绣生辉征喜兆　　　蕙草兰林门庭溢喜
文明有种育宁馨　　　桑弧蓬矢堂构增辉

月窟培生丹桂子　　　瑞世有祥麟已为德门露头角
云阶育出玉兰芽　　　丹山翔彩凤还从华阀炫文章

四季贺生子联

春季

　　风暖兰阶花吐秀
　　雷惊竹院笋抽芽

　　净地月明生秀草
　　芬阶风暖长兰芽

　　佳气充闾倍添春色
　　英声载路喜得宁馨

夏季

　　瓜瓞远绵征夏日
　　芝兰新茁似春初

　　子种莲房池有新苞
　　梦延瓜瓞日见长绵

　　子种莲房多多益善
　　梦延瓜瓞久久长绵

秋季

　　一朵芙蓉凝玉露
　　三秋桃实映流霞

　　月朗天高桂宫结子
　　地灵人杰崧岳生申

冬季

　　瑞雪盈庭投玉燕
　　祥云护舍降麒麟

　　花前笑看獐书帖
　　梅下欣听鹤和声

　　雪映梅花杯映柏
　　日添宫线屋添芝

　　瑞雪盈庭石麟降世
　　祥云护舍玉燕投怀

贺生女联

　　喜结心中伴
　　欣生掌上珠

　　绿竹生新笋
　　红梅发嫩枝

双喜临福地
千金耀华门

今朝喜得嫦娥女
他日笑迎状元郎

珍珠入掌门楣喜
兰蕙吐芒庭院新

绕庭争看临风玉
照室同欣入掌珠

兰质蕙心延美玉
柳诗茗赋毓清才

彩帨高悬添喜气
蕙盘新设识芳姿

喜看华夏添巾帼
早卜前证胜须眉

喜见绿竹抱新笋
福来红楼藏玉珍

慰情已喜颜如玉
宠爱珍于掌上珠

设帨门前知有喜
摛文堂上却成欢

睹兰自知非道韫
闻芳早已识瑶英

要知半子胜生男
中郎有女传家声

如此掌珠得未曾有
谁谓弄瓦聊胜于无

木兰从军巾帼不输男子
昭君出塞裙钗还胜须眉

贺孪生联

双喜临门第
孪生降世间

玉种蓝田澂合璧
树生碧海喜交柯

花萼相辉开并蒂
埙篪齐奏叶双声

两美同生祥开达适
一孪竞秀誉迈效郊

贺生孙联

有道明时兰为贵
无涯福气竹生孙

声美凤毛绳其祖武
诗赓燕翼贻厥孙谋

君福应过范乔祖
家庆何让子仪孙

燕翼谋贻兰蒸茁秀
凤毛济美瓜瓞绵长

绕膝分甘王逸少
点头示意郭汾阳

公本克家勉荷父薪勤训子
我怀尽德欣逢祖竹庆生孙

华堂益寿开饴座
梓舍承欢进晬盘

梦叶熊罴子夜灯花频结蕊
誉推麒麟孙枝汤饼乍开筵

贺生曾孙联

分杯汤饼倍重庆
挂杖桑榆乐再孙

天赐石麟祥开四叶
庭投玉燕瑞霭一堂

喜见梧桐开四叶
福陈箕范报三多

美济凤毛家有令子
谋贻燕翼孙又添丁

一门五福呈箕范
四代同堂庆瓞绵

四世喜同堂螽斯衍庆
一门臻五福燕翼贻谋

燕寝昔闻孙作父
鲤庭今见子添孙

七旬又得孙承蒙乡里庆贺
四世喜同堂唯求家庭和睦

幼儿庆生联

庆百日

转瞬新婴迎百日
展眉老幼庆天伦

我家百日添英物
此院三更哄俊娃

百天初入茫茫路
三代同倾眷眷情

时抚乳燕欣莹目
又看葫瓜卧绿茵

庆周岁

即日初庚已有数
自此记岁不从零

周岁新添阖院乐
娇声又引睦邻来

迎喜一帧周岁照
同欢三代全家福

新开周岁蹒跚步
初启此生浩荡云

鹊唱晨祝周岁喜
家欢风送众亲临

万里鹏程先初步
一生大业待开局

贺乔迁联

通用贺乔迁联

风开画栋
日映华堂

青峰对我
绿水环居

竖擎天柱
架创业梁

雁鸣秋色
凤栖高梧

楼联绿野
路接青云

莺迁乔木
燕入高楼

国家兴旺
栋宇辉煌

门来燕贺
院起宏图

百年大计 五世其昌	物华天宝 人杰地灵	迁宅吉祥日 安居大有年	虎踞龙盘地 夏凉冬暖家
禧凝燕贺 庆肇宏图	华堂焕彩 栋宇维新	庭辉承月彩 檐影接霞光	肇始文明运 宏开富有基
红日高照 紫气东来	祥云浮栋 春色镀梁	玳梁欣贺燕 乔木喜迁莺	忠诚为柱石 耿直作栋梁
堂连绿野 室接青云	祥光西起 紫气东来	窗前花弄影 庭外鸟喧晴	居安能望远 室雅可聚贤
门焕奎壁 栋接云霞	正身履道 蹈德咏和	华构贻谋运 乔迁裕后昆	物华焕新彩 天宝呈瑞祥
红砖青瓦 绿竹斜阳	宜耕宜读 能和能行	福第多安乐 鸿基长发祥	池小能容月 檐低不碍山
竹苞松茂 业乐居安	旭日辉仁里 祥云护德门	楼栖沧海月 窗落敬亭云	庭辉联树彩 檐影接云光
山川纳绿 凤凰来仪	出谷莺声旧 来仪凤羽新	楼外江山景 门中福寿人	玉柱擎红日 金舆人紫微
祥麟臻圃 鸣凤栖梧	紫薇绕碧宇 翠柳妆朱门	庭外遍山绿 室中满堂红	紫燕栖仁里 文莺觅德邻
吉星高照 幸福常来	车马晏嫌僻 莺花不厌贫	登楼人近月 接福喜盈门	溪山呈瑞彩 庭砌焕祥光

祥云生紫户 喜气绕朱轩	云霞为藻绩 桃李茂英华	东风开画宇 旭日映华堂	祥光临福地 喜气满新居
东风开画栋 旭日映华堂	凤彩金谷舞 柳拂画堂春	祥云浮紫阁 喜气绕朱轩	室有山林乐 人同天地春
飞云落翠岭 鸣凤栖青梧	玉堂映春色 珠树发秋香	江山添异彩 家道渐小康	远水碧千里 朝霞红半楼
山幽花寂寂 水秀草青青	青龙缠玉柱 白虎架金梁	莺迁金谷晓 花报玉堂春	映日辉生室 垂花静掩门
红墙衬碧瓦 绿竹映斜阳	鹤舞千年树 凤鸣百尺楼	飞阁凌芳树 高窗度白云	江山供指顾 风月助登临
群树成大厦 彩凤宿高梧	喜红光四照 香气象一新	天地有正气 院庭沐春风	韶光开锦绣 春色上楼台
凤巢雏皆好 龙门客又新	文明昌景运 栋宇绕彤云	桃李成蹊径 江山出画图	月朝帘里照 云在楼角悬
肇启文明运 宏开富贵基	室雅何须大 花香不在多	室有迁莺瑞 门多吐凤才	春光开泰运 中华展新容
栋宇朝红日 竹帘引惠风	吉门沾泰早 和里浔春多	室盖万年在 华夏千秋辉	静者心多妙 飘然思不群
茂林莺语闹 新屋燕声喧	好景年年好 新居处处新	燕报重门喜 莺歌大地春	门庭多喜气 山水有清音

文章古今事
忠厚一生心

庭院花香鸟语
楼台月满云开

居乡爱乡为睦
治家严家斯和

氤氲祥云笼吉地
葱茏嘉树拂新轩

堂构鼎新添喜色
箕裘晋步焕文光

巧手干出千秋业
铁肩撑起万代梁

择居仁里和为贵
善与人同德有邻

日照新居添锦绣
花栽前圃吐芬芳

日暖阶前生玉树
月洗高秋吐桂香

翠梧久待朝阳凤
碧树初鸣山谷莺

秀宇层明光日月
朱堂高辟大人家

栋拂云霞生紫气
家传诗礼足春秋

河清海晏金瓯固
人寿年丰画栋兴

江山聚秀归新宇
日月交辉映画堂

门地青山摇钱树
户迎绿水聚宝盆

门对青山龙虎地
户纳绿水凤凰池

门外青山水流秀
户内人旺财源兴

瑞彩盈庭山聚秀
祥光当户斗联辉

瑞映画堂多喜色
吉临新宅焕春光

欣逢盛世迁乔第
喜值丰年进雅年

山环水抱风光好
柳暗花明景色新

朴素简单新宅第
勤劳节约好人家

坤正奠定千秋业
基实撑起万年梁

近水楼台先得月
向阳花木早逢春

居卜凤和仁是里
堂开景聚德为邻

栋宇连云子孙愿
华堂耀日父母心

水如碧玉山如黛
凤有高梧鹤有松

华堂翠幔春风至
绮窗金屏曙色开

紫气迎祥双阙晓
彤云献瑞五门春

大厦落成应燕贺
华堂瑞霭定蛟腾

五 实用对联集锦

室盖呈祥香结彩
银台报喜烛生花

栋拂云霞绕紫气
家传浩气足春风

户对青山摇钱树
门迎绿水聚宝盆

定磉欣逢大好日
上梁正遇幸福时

开门见山山水绿
进家观花花卉红

屋宇维新添异彩
门庭革旧蔚奇观

秋至满山多秀色
春来无处不花香

天池水足龙仍化
庭梧荫成凤始归

移门欲就山当榻
迁居常将水为琴

西岭烟霞生画栋
东山云树掩门庭

云接画檐流宝气
日临丹室尽春光

梨花院落溶溶月
柳絮池塘淡淡风

门前绿水声声笑
屋后青山步步青

云接画檐皆宝气
日临丹室尽春光

一院清幽园林景
八方锦绣福寿图

门连菊水人皆寿
宅近桃源境是仙

云栋尽书金碧字
瑶阶并种吉祥花

一门立栋逢佳日
众手托梁盖大楼

桂殿花开香满座
兰宫春到瑞盈阶

房建福地丽日暖
生逢盛世举家欢

窗含青山鸟衔翠
站垂碧柳燕语枝

莺过重门留好语
花开胜地吐奇香

春华秋实盈庭灿
桂馥兰馨易地荣

合家共庆乔迁喜
亲友同享致富欢

吉星高照新居户
喜气常盈大富家

地占万湾多是水
楼无一面不当山

小楼上下皆春意
新第旁围多睦邻

宝树挺森花簇锦
莺声婉转韵调琴

莺迁乔木松流韵
月洗高秋桂吐香

民富齐称国策好
家昌还颂党恩深

惠政赐来如意第
良工造就庆丰楼

鸣花炮声声道喜
起大梁步步登高

幸福同欢仁有里
安居共贺德为邻

为梁耿直千秋业
作柱忠诚万代基

地无寒舍春常在
居有芳邻德不孤

落栋欣逢好时代
上梁还靠众乡亲

日月光华临画栋
山川秀丽映雕栏

创业全凭劳动手
奠基尽是栋梁才

祥云环绕新门第
红日光临喜人家

日丽风和锦铺院
冬暖夏爽笑满堂

吉星高照福安地
盛世促成和睦家

旭日乍临家室乐
和风初度物华新

乔迁美厅步步起
喜居层楼阶阶升

一片彩霞迎旭日
满屋春讯庆新居

新地新居新气象
好山好水好风光

日升月恒天赐百福
竹苞松茂地发其祥

大哉居乎移气移体
慎其独也润屋润身

堂构光辉瞻云新日
规模宏大桢桂培兰

美奂美轮大启尔宇
肯堂肯构长发其祥

宝气光腾屏开翡翠
玉堂风静帘卷珊瑚

凤舞鸾飞龙吟虎啸
竹苞松茂芝秀兰芬

起屋开基百年大计
兴家立业五世其昌

光绍箕裘家声丕振
东升旭日气象昌明

合天时祥云连画栋
得地利峻岭对新庭

喜到门前清风明月
福监宅地积玉堆金

移取春风门栽桃李
蔚成大器材备栋梁

树植院中年年吐秀
花开园内处处闻香

紫阁祥云物华天宝
朱轩瑞气人杰地灵

创基业门庭腾瑞气
展宏图宅第吐祥云

家富人和顺如流水
时言乐笑穆若清风

五、实用对联集锦

新砖新瓦新屋人人喜
大房大事大家个个忙

砌铜墙粉铁壁华居添彩
竖玉柱上金梁庭宇生辉

何必金屋玉堂方称杰构
就此简室寒舍便是安居

画栋连云燕子重来应有异
笙歌遍地春光长驻不须归

大地灵钟肇成文明之运
华堂瑞霭弘开富贵宏基

杰地仍幽水如碧玉山如黛
新居不俗凤有高梧鹤有松

甲第弘开永向苍穹斗日
门闾轩敞堪容北海风云

喜监华堂瑞气缭绕而事顺
东居新居祥光普照万代昌

何须大厦高楼方称舒适
有此青山绿水便好安居

别墅庭前翠柳扶风飘绿线
琼楼窗下碧莲擎雨捧珠球

绿野堂前满贮山川秀色
红梁架上尽挑祖国重任

丽日抒怀造就华堂生意旺
春风得意落成新宅人丁安

漫云画栋雕梁但求仁里
曷是茅庐草舍幸与德邻

水抱山环老境享园林乐趣
春华秋实新居胜城市风光

粮广钱宽畅谈古今中外
神安意快乐度春夏秋冬

画栋连云紫燕重来应未识
新居焕彩春光长驻不须归

何须大厦高楼才称乐第
我看青山绿水便是安居

小院四方几度春风几度雨
新房一座半藏农具半藏书

何须玉宇琼楼方称佳构
即此华堂静室亦是安居

春华秋实其间颇有农家趣韵
水抱山环此处宛如仙境风光

祥云绕吉宅家承沾世添福址　　山河发奇观松茂竹葱涉时秀
瑞露盈芳庭人值半年增寿康　　庭防生瑞气兰馨桂馥迁地良

庭前风光绚丽览四时美景桂香兰翠
屋后莺语婉转听几声歌唱心旷神怡

新居面对青山屏障天然定卜人财两好
斗室门朝绿水膏腴地质预占富贵双全

陋室落成欣逢旭日初升屋梁燕集歌人杰
茅庐构造喜遇紫阳正照乔木莺迁感物华

斗室前朝笔架高峰地势钟灵预卜财源广进
新居后倚文头大岭天然毓秀定占瑞气长来

贺新房奠基联

忠实作基柱　　　喜竹苞永茂　　　柱立良辰凝百瑞
耿直为栋梁　　　庆磐石长安　　　梁抬吉日集千祥

基石奠新业　　　运筹百年计　　　今朝玉柱根基固
栋梁擎壮心　　　杰构千层楼　　　明日新房喜献祥

天眼观佳地　　　花发奠基日　　　旧时燕垒初更换
宏基启凤台　　　鸟歌上梁时　　　今日鸿基已奠成

地势开华阔　　　坚贞观柱石　　　基实奠定千秋业
天时焕紫薇　　　巩固庆沧桑　　　柱正撑起万载梁

择地适逢吉庆日
奠基正值大兴年

千秋事业原非易
万代根基由来深

天舞祥云地生瑞气
党施惠政民奠宏基

四化宏图开骏业
千秋大厦奠实基

旧宅贯生如意草
新基又放吉祥花

起屋开基百年大计
兴家立业四化小康

坤端奠定兴家业
基实撑起继世梁

群能群智奠基地
同德同心建国家

大起宏图龙盘虎踞
彩描新业柱正基坚

贺新居落成联

门前遍野绿
室内满堂红

祥云绕栋宇
佳气满门庭

佳地春风暖
新居燕语喧

门前绿水笑
屋后青山幽

祥光浮紫阁
喜气绕朱轩

佳地春风暖
新居燕语多

东风开画宇
旭日映华堂

文星高北斗
甲第仰西京

堂华结构巧
室雅布局新

庭院花香地
楼合鸟戏天

瑞气凝福地
嘉树拂新居

筑就发明院
建成和睦房

华屋辉生壁
春山绿到门

阳光照佳地
春风拂新屋

家种吉祥草
宅开幸福门

楼台凌碧宇
堂构焕朱门

青山环绿水
翠柳映朱门

玉堂映画锦
华屋焕春晖

群材成大厦
彩凤宿高桐

新屋落成三代喜
全家和睦万般兴

栋宇霞飞光梓里
阶除玉砌耀华堂

风和新居暖
日丽甲第安

新第新房新气象
好山好水好风光

山水朝宗依旧日
门堂集瑞霭新居

五色祥云笼甲第
三多景福集门闾

别墅初栽新竹木
幽居先辟小蓬莱

山水朝宗依旧日
堂前集瑞伴新居

画栋倚云瞻大壮
华堂映日焕中孚

栋拂云霞绕紫气
家传诗礼足春风

宜山宜水无双景
润屋润身第一家

宏图大展兴隆第
泰运长临富裕家

累仁积德根基厚
对宇望衡气象新

羽仪旧德占鸿渐
树色朝阳引凤巢

门外芳山清流秀
家中大业财源兴

潭第鼎新容驷马
华堂钟秀毓人龙

潺潺绿水绕福地
融融红日照新居

新厦落成增秀气
华门安居进财源

红日高照临新第
福寿咸臻满画堂

满庭诗景飘红叶
五色云华堆画梁

新厦落成增秀色
华门安居进财源

栋起凌云连北斗
堂开爱日对南山

华构落成百岁计
安居小筑四时春

新屋落成千般喜
全家和睦万事兴

新居落成千般喜
全家和睦万事兴

龙虎风云新际会
湖山胜概壮观瞻

新屋落成千载盛
阳光普照一家春

兰馨华屋风常霭
酒泛轩窗月倍明

玉堂曾受凤毛赐
霞宇新诒燕翼谋

五　实用对联集锦

华堂翠屋春风至
甲第崇门瑞色开

栋宇连云父母愿
华堂耀日子孙心

大地钟灵文明运启
华堂集瑞富贵基开

华堂落成千年计
小筑安居四季春

宏图大展兴隆第
泰运长临富裕家

甲第宏开有堂有构
士林作颂多福多男

华堂建就六亲力
玉宇落成百匠功

承家事业辉堂构
继世文章裕栋梁

画栋雕梁齐称杰构
德门仁里共庆安居

燕恋新楼留好语
花开胜地吐奇香

碧宇倚云昭大壮
紫微映日焕大孚

美奂美轮大启尔宇
肯堂肯构聿观厥成

园林欣有春风茂
庭院喜承雨露甘

巧构宏开立广厦
励精图治建家园

南望飞云雕梁画栋
西来爽气玉宇琼楼

竹苞秀起云为屋
兰玉香生锦作堂

门迎春夏秋冬景
户纳东西南北情

清旷四围绿迷芳草
崇高数仞红映夕阳

房建花间风更爽
身居新院心也甜

堂开瑞日金莺啭
帘卷春风玉燕来

新居焕彩盈门秀色
华构落成满座春风

阁上金龙腾紫气
堂前彩凤映丹霞

玉树琪花香作锦
水光山色翠连云

华构落成可称乐土
比邻互助更喜安居

水贺奠基绕玉带
山因落成列翠屏

一朝成此千秋业
百代居之万事安

麦庆丰收花开红杏
宅起基业果奉蟠桃

堂构鼎新添喜色
箕裘晋步焕文光

画栋倚云添异彩
明灯映月倍光辉

依山傍水云中胜境
坐北朝南画里新居

华堂入云江山添一景
大厦落成农家乐三春

喜临华堂瑞气缭绕百事顺
乐居新屋祥光普照万化昌

山河气象果新奇到处莺歌燕舞
栋宇规模真壮丽满眼虎踞龙盘

贺新房上梁联

旭日悬华顶
紫微绕栋梁

金梁光耀日
玉柱力擎天

吉日上梁凝百岁
良辰立柱集千祥

上梁门聚瑞
铺瓦户呈祥

青龙盘玉柱
白虎架金梁

祥云捧日日长利
瑞气盈门门永昌

固立擎天柱
高抬创业梁

花开立柱日
鸟颂上梁时

堂构宏开绵世泽
规模丕振户人文

夯基符地利
架栋合天时

基稳上梁正
人和盛世兴

栋起连云凌北斗
堂开向阳对南山

玉柱擎红日
金梁架庆云

声声道喜鸣花炮
步步登高起大梁

金梁灿灿光耀日
玉柱巍巍力擎天

树千年砥柱
架万代金梁

巧手纷成时代业
铁梁撑起盛年楼

栋捧云霞绕紫气
家传浩气足春风

世盛大梁正
人和家业兴

定礅欣逢天好日
上梁正遇地灵时

云栋尽书金碧宇
瑶阶并种吉祥花

千秋家业凭双手　　坚柱欣逢大治世　　吉日逢祥大梁宜举
百代栋梁举铁肩　　上梁正遇富强年　　良辰添庆砥柱高擎

上梁凌霄云浩荡　　家业振兴凭巨手　　平安福地紫微拂栋
家业兴旺日喷薄　　栋梁凌瑞靠齐心　　喜庆人家瑞气绕梁

 4. 挽联

挽联概说

  挽联是人去世之后亲友为之撰写的(也有逝者生前自己写的)表示哀挽的对联。这种对联分两类，一类是用纸或织物，白底黑墨书写，或张贴在祭奠逝者的灵堂里，或垂悬于花圈的两边，或写在挽幛上。另一类是镌刻在墓地的石头上的，叫作墓(茔)联。挽联有很多约定俗成的典故和词语，不能用在别的对联中，用了就是犯忌讳。如果不想使用现成的挽联用语，也可以自撰，主要是陈述逝者的生平、业绩，并表达撰联者内心的悲伤和不舍。如果是自挽联，便是对自己一生的总结，以及对亲人的眷念。

  挽联最好用正楷书写，行书、草书、篆书都是不行的。因为挽联的字迹一定要非常清晰明了，不能有丝毫含糊的地方。用正楷来写，所有人第一眼都能看清楚，知道写的是什么，而用行书、草书、篆书，有些字体不好识别。

集　锦

通用挽联

音容宛在
风范长存

精神不死
风范长存

提耳言犹在
棰心泪未干

音容在目
德泽铭心

寿高德望
子肖孙贤

门外莫云聚
堂中悼念多

音容已杳
德泽犹存

泪倾沧海
痛断黄泉

莫云遮望眼
泣雨寄哀思

名垂千古
光启后人

悲歌动地
哀乐惊天

花为春寒泣
鸟因肠断哀

名留后世
德及梓里

秋风鹤唳
夜月鹃啼

海内存知己
云间渺知音

名留千古
光启后人

痛心伤永逝
挥泪忆深情

哭灵心泣血
扶柩泪涌泉

云凝泪雨
水放悲声

雨洒天流泪
风号地哭声

哭灵心欲碎
弹泪眼将枯

前人典范
后世楷模

素心悬日月
悲泪湿秋云

高风传梓里
亮节昭后人

泪作倾盆雨
魂飞莫路云

风号鹤唳人何处
月落乌啼霜满天

山峰北廓埋忠骨
泽被乡间仰遗风

一世精神归梦地
满堂血泪洒云天

魂归九天悲夜月
名留百代忆春风

骑鲸去后行云暗
化鹤归来霁月寒

一片哀思挥泪诉
满腔心语对谁言

听雨生悲愁碧汉
望云垂泪染丹枫

泪流九曲黄河溢
恨压三峰华月低

白马素车悉入梦
青天碧海帐招魂

月阶静夜蛩声切
竹院秋声鹤梦惊

绿水青山常送月
碧云经树不胜悲

流水高山思典范
春风霁月仰仪容

风吹秋水起珠浪
雨点春山满眼悲

情深风木终天恸
泪点寒梅触景思

泾扫丹枫皆吊礼
门临白马尽嘉宾

规津难违自古谁能千年寿
高风永继后人景仰一世功

忠魂一缕萦萦依故土
正气无量浩浩满中华

烟雨凄迷满眼春花凝血泪
音容寂寞一溪流水伴哀声

生前忠节如松凌霜雪
死后高风似水照青天

鹤驾难回终隔云山家万里
猿肠易断那堪风雨月三更

世事已无常空留尘室梦萦绕
音容何处觅帐望人情思渺茫

勤以持家善教子女生前诸事无荒废
乐于助人声闻村邻殁后何人不含悲

挽曾祖父·曾祖母联

奉杖无从爱日绵绵成注事
含饴不再悲风瑟瑟妥先灵

百年能几许有守有为四代儿孙托燕翼
一笑意长归无忧无虑随身杖屦赴龙华

酷暑痛伤心八铁余年曾妣已先乘鹤去
新秋垂泪眼一堂五代群孙于此效鹃啼

挽太岳父联

北斗翘瞻愿效陈诗歌祖德　　姻好附孙枝当午空怀千尺影
东床幸选忍陪捧砚泣孙行　　仰瞻同祖竹未秋先陨一庭霜

爱我若孙枝记两载承颜接词前辈典型书卷气
频年支病叶帐此时霓旌羽盖蒙山风景紫阳仙

挽太岳母联

高瞻天姥峰一夜倾颓伤泰岳
情重塆乡水千秋凭吊泣门孙

慈云高荫仰重闱甥馆承恩稔知祖德
平日亲情叨二室灵帏下叩悉附孙行

挽祖父联

严君早逝心犹痛
大父旋亡泪更枯

福寿全归名驰乡里
齿德兼隆荫及儿孙

辞尘祖去空留像
投笔人回不见颜

无疾而终想是生平修到
含饴未报忱从何日能安

英姿爽气归图画
丹心壮志留子孙

风起云飞室内犹浮诫子语
月明日黯堂前似闻弄孙声

病榻呼孙情切切
灵堂哭祖泪纷纷

祖父辞尘深痛音容难再睹
嫡孙承爱回思教诲应长铭

一夜秋风狂摧祖竹
三更凉露泪洒孙兰

乌养未终区区怕读陈情表
鸾骖顿杳茕茕尤作痛心人

寂寞乾坤邈矣一公何所在
凄迷风雨哀哉两字弗堪闻

祖德本堪传耕种书田共荷谋胎燕翼
先芬徒泣诵抚摩磐石何以虑竭乌私

岁已届成人每当赴试游庠太爷尚挂千般虑
伤哉怀恨事枉费愁肠望眼此日难酬半点恩

挽祖母联

抱孙昔日恩于海
承服今朝痛沏心

无病而终想是生平珍摄
含饴未报忧从何日能忘

祖母永别千载去
孙儿泪洒几时干

祖母云亡未报深恩徒涕泪
嫡孙承重还从何处觅音容

玉洁冰清归泉路
孙贤子肖哭灵台

慈训长昭谨守燕谋母或失
深恩未报情陈乌哺永怀铭

望祖遗容心碎裂
思亲教诲泪横流

慈竹风摧鹤唳一时悲属纩
西山日落鸠杖只影恨含饴

懿德传诸乡里口
贤慈报在子孙身

明月照高楼昨夜神仙游眷属
秋风摧慈竹有人天上侍晨昏

挽外祖父联

寿高德厚
子肖孙贤

外祖寿山德大
愚孙泪雨心伤

美德堪称典范
遗训长昭子孙

大雅云亡绿水青山叙遗志
老成凋谢落花啼鸟总伤情

灵鹊苦传声纵属铁石亦为洒泪
骑鲸向何处凡兹外孙怎不伤悲

曾随慈母归来昔日教言犹在耳
痛悉外公逝去当年德泽永铭心

痛外孙早失严君风木空余半子泪
谓家公同称祖父麻衣应吊六月霜

一年间欢聚几何春去春来霎时见背
二月中悲同周报江南江北两地伤心

望重斗山喜福寿全归庚续诗歌绵祖德
恩深泰岳怅音容忽敛叨陪杖履泣孙枝

挽外祖母联

带去暮年残岁
留来厚德芳名

泪滴千行天地暗
哭声一片暮云低

美德常齐天地久
嘉风久伴山河存

仙驾返桃源堪叹落花流水去
挽歌起村后肯教明月送魂归

宝婺辉沉梨枣恩推难忘王母爱
瑶池驾返梧桐枝老莫愧外孙辞

萱帏喜长春视外孙为孙慈恩未报
莲台已仙逝随老母哭母悲泪难干

挽父联

父灵驾白鹤
儿泪洒黄泉

心因父逝心滴血
月窥吾悲月无光

倚门人去三更月
泣杖儿悲五夜寒

父逝山垂首
儿悲水失声

风号鹤唳人何处
月落雁啼霜满天

痛哭严椿千古恨
悲兴嫩桂百年愁

祭父泉为酒
思亲梦作真

只见三秋多苦雨
谁知九月别严亲

痛哭父亡辞戚友
默祈母寿看曾孙

严训如山重
父恩比海深

父逝悲从心头起
子存教诲记永年

欲闻严训空有泪
追思教诲杳无声

英灵垂天地
美德传室家

临深履薄言犹在
谕志承欢愧未能

凄凉云树愁千里
怅惘春风恨百年

一天雨雪凋椿树
满目云山惨棘人

珠泪滚滚哭严父
奠酒滴滴祭英灵

千呼不醒严君梦
万拜难酬先父恩

屋内儿哭悲父逝
门前客吊履霜来

生前教子成大器
身后望儿继良风

撒手永抛家室累
归魂犹望子孙贤

痛矣今朝当大事
伤哉何日报深恩

陟岵回看无父面
趋庭失训痛儿心

勤劳本色儿女永记
节俭家风世代相传

遗爱难忘黍雨棠阴皆政德
湄声遍涌江云海水尽哀思

福寿全归音容宛在
齿德兼隆名望常昭

情切一堂红泪相看都是血
哀生诸子斑斓忽变尽为麻

祭酒陈辞表赤子心意
悲歌陨涕悼严父英灵

华月光寒韵满庭前含孝意
愁云寂寞旌飘户外痛哀情

遗容寓遗志子孙承志
哀乐寄哀思后代永思

多年教导音容笑貌永铭心下
一朝诀离言谈举止化作几行

音容莫睹伤心难禁千行泪
亲恩未报哀痛不觉九回肠

椿影坠西沉直道而今犹可想
鹤声流东固旧游何处不堪悲

音容宛在勤劳一生传佳话
神魂离去芳名百世著清风

愁思向谁宣空想胪欢承菽水
终天成永诀枉教泣涕进羹汤

俭朴一生撒手永抛家室累
沉疴百日归魂犹望子孙贤

大义是难明无言复诲空流泪
深恩非勿报有像徒存只痛心

家务千事积虑劳心情深似海
风尘百年开基创业恩重如山

一生辛苦谁知听父道扬愈增悼痛
三载劬劳未报奉慈帏教命袛进饔

忆昔年诸事有当头浑然不觉为子易
叹今日百般经过手如此才知作父难

不肖子才庸德薄有负期望慈颜永别去
承志人奋发读书遵遁教诲不忘养育恩

鲤对方殷竟将大事付儿惨目灵椿生意老
乌私未遂犹念小人有母伤心慈竹泪痕多

想吾父厚以待人薄以待己不解人薄己厚
愧儿曹生未尽敬死未尽哀徒为敬死哀生

严父匆匆逝尘想当年克俭克勤甘苦备尝今已矣
棘人切切饮恨痛此日弗闻弗见与世长辞竟何知

挽母联

流芳百世
遗爱千秋

南柯梦里
望云思亲

哭干两眼泪
难报三春晖

悲慈母杳矣
期仙鹤归来

寒风摧萱萎
瑞雪托哀思

不成功业愧为子
难报春晖欲断肠

长记慈惠传后世
永留典范在人间

云覆巫山人不见
月明仙岭鹤归来

世上痛无救母药
灵前哭煞断肠人

生前记得三冬暖
死后思量六月寒

花落萱帏春去早
光寒婺宿夜来沉

心想慈母心有缺
月临中秋月不圆

无路庭前重见母
有时梦里一呼儿

忆慈颜心伤五内
抚遗物泪洒两行

去岁慈言常在耳
今春子请再无音

（守孝春联）

玉洁冰清归泉路
子肖孙贤哭灵台

空悬月冷人千古
华表魂归鹤一声

终天唯有思亲泪
寸草痛无益母灵

春近人欢花发早
岁更我哭母长辞

春江桃叶莺啼湿
夜雨萱红蝶梦寒

难报春晖伤寸草
空余血泪泣萱花

隔世欲望慈母影
三餐嚼碎赤子心

慈竹当风念有影
晚萱经雨忆留香

慈恩海深悔未报
儿泪泉涌苦难言

守孝不知红日落
思亲常望白云飞
　　（守孝春联）

荆花树上知春冷
萱草堂中不乐年

婺星顿失天光黯
美德犹存家景长

慈颜一去杳无影
弱子千声呼不回

天涯芳草留晖远
海角哀鸿洒泪多

魂上九天悲夜月
芳流百代忆春风

但愿此境成梦境
怎奈哀情是真情

罔报难酬慈母德
挥毫莫罄此儿情

思亲有影青云驻
岭子无声白鹤飞
　　（守孝春联）

莫报春晖伤寸草
空余血泪泣萱花

严父早逝恩未报
慈母别世恨终天
　　（挽寡母）

宝婺云迷妆阁冷
萱花霜萎绣帏寒

慈竹当风空有影
晚萱经雨不留香

冰霜高洁传幽德
圭璧清华表后贤

椿树早凋悲未已
萱花才殒泪何穷
　　（挽寡母）

绮阁风寒伤心鹤唳
兰台月冷陨涕萱阴

问暖嘘寒音犹在耳
怀胎哺乳恩岂忘心

陈辞祭酒表赤子孝意
洒泪讴歌悼家慈亡灵

酒进晨昏怎教儿一滴一泪
香焚朝夕唯祝母如生如存

声咽丧帏肠断秋风鹤
泣残蕙帐血枯夜月鹃

苴杖欲同扶又惧以恩掩义
蓼莪深抱痛终难为礼夺情

怎忍心撇下儿女匆匆去
如有觉梦中母亲常归来

慈母东来绕膝慕深萱草碧
彩云西去献觞悲断菊花黄

亲厌尘纷寿终正寝归蓬岛
儿悲手泽眼流双泪滴麻衣

陟岵痛前年方祝萱颜长白发
捐帏当此日忽悲蓼水隔黄泉

杜宇伤春泣残雪泪悲花老
慈乌失母啼破哀声夜光寒

乌养昔犹亏树背冀能延晚节
黄泉今永诀草心恨莫报春晖

久别慈颜忧乐几多犹未话
骤闻噩耗聪眸一概顿无知

凉月写凄情环砌秋声听倍惨
慈云归缥缈空庭落月恨何如

泣杖子凄其中夜慈乌三鼓月
断机人远逝北堂萱草五更霜

扶丧杖以寻亲只恨冥中无子路
枕草苫而盼母除非梦里有颜回

离别竟千秋注事追回流水不禁双眼泪
死生惊一霎恨肠欲断寸心难报二春晖

203

生母继母皆为母　　　　　　　恩同生母只少怀胎十月
养恩育恩俱是恩　　　　　　　孝尽亲儿也应泣血三年
　　　　（挽继母）　　　　　　　　　　　（挽继母）

哀哉昌非亲子胜亲子　　　　　继母东来绕膝暮深萱草碧
痛矣不是生娘似生娘　　　　　彩云西去献觞悲断菊花黄
　　　　（挽继母）　　　　　　　　　　　（挽继母）

挽岳父联

泪倾泰岳　　　　　　　　　　浮白自惭苏子美
痛断黄泉　　　　　　　　　　垂青空忆杜祁公

大雅云亡梁木断　　　　　　　丁年病入黄泉路
老成凋谢泰山颓　　　　　　　午夜惊颓太岳峰

丈人峰屹瞻如昨　　　　　　　菊泾荒凉乔阴莫仰
半子情衰怅在兹　　　　　　　蓉城缥缈仙驭难回

泰岳无云滋玉润　　　　　　　半子情深叨预鲤庭诗礼训
东床有泪滴冰清　　　　　　　三山迹杳忍教鹤驾海天秋

半子无依何所赖　　　　　　　翁不少留风木伤心分半子
东床有泪几时干　　　　　　　吾将安仰音容回首隔重泉

峰顶大人嗟已矣　　　　　　　恩同父称伤鹤驾已随云影散
膝前半子痛何如　　　　　　　爱并儿号泣鹃声犹带月光寒

和凤寄高台雪冷椿庭忍听悲声翻玉管
骖鸾望古道月明苏馆不堪清影谢冰花

挽岳母联

自从婿乡蒙厚爱
何堪甥馆杳慈云

昔日乘龙东床有幸
今朝驾鹤北堂无依

凄凉甥馆慈云黯
缥缈仙乡夜月寒

莲蕊生香有子心中无限苦
萱花遽谢出人意外不胜悲

慈竹影寒甥馆月
昙花香杳佛堂云

义薄云天未报涓埃无限恨
波寒泰水更增半子一番愁

婺星西陨恩犹在
泰水东流泪未干

婺隐中天伤心徒洒千行泪
爱隆东床报德未伸半子心

音容已隔重泉路
风雨犹伤半子心

获选昔乘龙独忆东床初袒腹
游仙今驾鹤那堪北堂杳慈颜

爱女爱婿无限爱
悲风悲雨几多悲

半子荷深恩玉镜台前承色笑
一朝悲怛化璇闺堂上失慈晖

岳母果何之可是心羡瑶池逍遥赴宴
予婿无以吊只好眼含珠泪悲泣奔丧

挽伯父·伯母·叔父·婶母联

伯父魂灭哭枯眼
侄儿心悲泣断肠

勤劳本质侄儿永记
俭朴家风世代相传

月落侄儿心痛泣
风吹林海树哀号

尽获同遵推思犹子
系繁以事晷死如生

花落竹林人去后
风摧萱草月明时

劫后持家悟吾婶是赖
床前侍疾憾犹子未能

遥望竹林空堕泪
徒思马诫孰遗书

勤劳毕生足堪侄儿表率
忠厚一世实乃邻里楷模

先辈凤敦棠棣好
今朝又感竹林寒

痛婶母寿届稀龄伤鹤驾
叹侄儿情深服重泪鹃啼

竹林风月谁相赏
兰桂庭阶我更悲

痛失慈萱化落竹林春去早
悲兴犹子光寒婺宿夜来沉

勤俭持家半生最岭叔母苦
报酬无地六亲都为比儿悲

昔年训诲亲承犹子鲤庭聆教范
此日音容顿渺儿曹马诫感遗书

叔父早魂飞梅岭云寒未解何年还鹤驭
侄儿常泪湿枫江月冷怕逢薄暮听乌啼

缠疾始三朝汤药枉投慈爱婶娘形不见
游仙临腊月梅花正放伤心侄子情难终

大好竹林游厚谊比儿竟日清淡慈眷注
无端萱草萎传言诸弟急时共济孔怀吟

侄子何知喜荆枝一树分荣每祝萱堂多大寿
遗徽长在愿棣萼双方济美莫言慈肆少贤才

慈训夙亲承高枝秀芑田荆箕帚无嫌资冢母
遗容今宛在几树荣分窦桂埙篪有韵协诸孤

幼侄无知想当年训诲谆谆眷顾深恩同无极
悲叔忽逝叹今日音容寂寂空瞻遗颜有余悲

小子愧庸才平时杖履追随辄喜竹林叨训诲
吾家多旧德此后门庭辑睦永教棣萼入诗歌

幼年失恃仰荷慈云荻画著贤劳分溽恩情及犹子
远道相依藿歌薤露逢山嗟缥缈更谁孤苦念零丁

挽姑母·姑父联

德厚先姑光耀门庭叨荫泽
恩深犹子泪挥衣袖寄哀思

内侄昔来庭只云玉体违和岂意语声移薤露
姑丈今谢世自愧金丹莫续伤心泪语滴榴花

挽姨父·姨母联

鹤驾遽西归痛姨音容从此杳
雁行竟中断伤予手足何以堪

恩谊略同甥舅与吾母姊妹同行顿失慈容劳想象
注来无向邢谭唯小子童蒙教诲缅怀懿训寄悲哀

小子有何知唯父母是依童年即谒高门早识邢谭通雅谊
亲情原最厚痛音容顿杳今日来凭灵榇不堪萝茑失乔阴

挽舅父·舅母联

痛悼母舅颜难见
悲叹外甥教无人

明月不长圆桂子香时舅已逝
高风安可仰菊花开后甥方来

挽友父·友母联

德才见诒谋有子能担家务事
荣哀酬生平伤心遽失老太公

文章留人世先生教子义方千古
劫后情热忱造就桑梓今失中坚

令子以读书成名年岁文章惊海内
恨我未登堂拜母他年碑碣诵泷冈

贤母仰风仪仙驭鸾骖黄竹歌声哀动地
郎君负时望贻谋燕翼白华孝养恨终天

挽丈夫联

鸾飞镜里悲孤影
凤立钗头叹只身

欲殉难抛黄口子
偷生勉事白头翁

燕阵残斜孤月冷
箫声吹断白云愁

鲲鹏音断云千里
杜鹃声哀月一轮

裂肺撕肝小哭老
捶胸跺足妻挽夫

郎果多情楼上冀迎萧史凤
妻真薄命家前愿作舍人鸳

假如我死替夫死
挽得君生代吾生

亲老家贫负担忍付称孤子
行修名立诔词悲作未亡人

明月不长圆过了中秋终是缺
高风安可仰如何一别再难逢

数十年赤手起家你死料难如注日
八旬人白头永诀我生谅也不多时

睹物思情常疑是花前月下卿卿我我
人去房空最难为身孤影单戚戚悲悲

君去矣万事独任艰难能无追念前徽深为吾痛
儿苦哉尔父既归泉琅尚其各自努力克振家声

挽妻子联

淑德标彤史
芳踪入白云

窗竹鸣秋雨
床琴断夜弦

每思田园共笑语
难禁空房悲泪流

春风闲楚管
明月断秦箫

宝琴无声弦柱绝
瑶台有月镜奁空

梦游蝴蝶飞双影
血泪杜鹃泣孤身

炊臼梦来哭尔三年发白
断机人去愁予五月枫青

负我多情独抱鸳鸯偕老愿
祝卿再世重寻鹣鲽未完盟

菱镜影孤惨听秋风吹落叶
锦机声寂愁看夜月照空帏

亲老儿雏乌哺心情期没助
天寒夜永牛衣劝勉有谁怜

一百年弹指光阴天胡靳此
九十载齐眉夫妻我独何堪

本八字安排以致累卿贫到老
作一番打算自然先我死为佳

恩爱良妻苦雨凄风催汝去
可怜儿女大啼小哭要娘回

一梦黄粱别儿离孙妻耶注矣
几搔皓首断柱破镜子也凄哉

炊臼梦觉粉悴脂憔金阁冷
断弦情切鸾孤凤只绣帏寒

不作凡夫妻明年欲嫁今年死
愿为比翼鸟他生未卜此生休
（挽未婚妻）

钗逐燕飞影分鸾凤悲菱镜
梭停龙化尘染鸳鸯废锦机

数十年勤俭持家卿死料难瞑目
恍然间今生永诀梦乡方能暗没颜

苦我半生可怜举案荆妻先归天上
祝卿再世不遇登科夫婿莫到人间

卿竟瞑乎最难家妇初来料米量盐都未习
吾其衰矣尚有少男太稚酸风苦雨不知愁

缘尽先离伤心卅载荆钗慢说来生还有约
事多未了回首七旬椿树敢言已死便无知

黄鹄寿偏高回头七十二年苦雨终身如旦暮
青鸾来有信屈指五月三日归期一笑语孙曾

算来半世夫妻吃也愁穿也愁叹卿真苦死了
丢下千斤担子男不管女不管比我倒快活些

最怜儿女无知犹自枕畔娇啼问阿母重归何日
但愿苍穹有眼补此人间缺憾许良缘再结来生

念此生何以酬君幸死而有知奉泉下翁姑依然称意
论全福似应先我愿事犹未了看床前儿女怎不伤心

　　你翁哀你姑哀你祖姑尤哀听盆鼓声喧一个个顿足捶胸看你如何舍得
　　我女幼我子幼我次子更幼到更阑人静皆依依牵衣问母教我怎样开销

五　实用对联集锦

天下无不散之筵席似尔我八旬已过存何喜殁何悲三岁忝增奇则奇被卿先去

人生最难堪者迟暮纵子孙四代相依耳也聋目也时九原有觉等一等看我就来

历艰辛尝险阻贫家妇信难为痛今朝镜破钗分欲图梦影重圆除异世再同青玉案

习荆布屏绮罗半生俭应可法奈尘海飙驰电掣赢得襞痕如旧到秋宵帕检镂金箱

挽兄弟联

弟已决然离尘世
兄将何以慰高堂

竹泾萧条平生壮志三更梦
云山迢递万里西风一雁哀

不图花萼终联集
何忍雁行各自飞

魂兮归来夜月楼台花萼影
行不得也暮天风雨鹧鸪声

北望鹁原千里远
南来雁侣半行孤

训弟课儿一生辛苦今犹在
持身涉世十分忠厚古来稀

原上春深鹍鹏音断云千里
林梢夜寂鸿雁声哀月一轮

云路仰天高谁使雁行分只影
风亭悲月冷忍教荆树折连枝

阿弟辞尘致使荆庭悲寂寞
为兄洒泪何堪手足痛长分

回想幼年时绕膝相依如我母
难疗今日病伤心何以慰吾兄

（挽嫂）

兄竟去矣地下遇双亲先为致意
弟将何之堂前抚诸子不负嘱言

雁翼折西风先我而生乃遂先我而死
蛩音哀落日可悲在弟毕竟可悲在兄

挽姐妹联

身似芳兰从此逝
心如皓月总长明

细语柔言情宛在
凄风苦雨恨偏长

贞静幽娴姐妹行中推独冠
凄凉寂寞杜鹃声里暗伤神

忆昔时深荷提携得助长承蒙姐惠
值此日忽传噩耗不胜凄楚哭髡来

乐事叙家庭絮诗少调吾犹让
悲怀深手足登岸音书谁与贻

锦瑟共年华蟠桃料饮何姑酒
文章成薄命柳絮孰题谢女诗

姐云孰岭甥托睹音容犹在目
我来谁呼弟依稀景况尽伤情

挽子女联

庭梧昙有雏栖处
池鹤今无子和声

沉痛昙花才一现
方知芝草本无根

花落胭脂春去早
魂归鸳帐梦来迟

痛子情深尚有尔母
藐躬德薄累及吾儿

满腹经纶离世早堪叹
一腔热血沸腾迟可悲

弄玉结仙缘神女应归天上有
掌珠遭物忌奇珍未许世间留

少者殁长者存数诚难测
天之涯地之角情不可终

锦字成文淬掌居然呼不梓
玉台断咏招魂何处拾明珠

（挽侄子女）

弃尔子并弃尔妻此际殊多不了事
哭吾婿即哭吾女从今永做未亡人

（挽女婿）

痛殁命夭儿誉满亲朋始信虚名能折福
伤余年老父默参因果好归定数只由天

学成艺成名成事业垂成天不假年胡太苛
父在母在弟在妻儿俱在我今哭殁可曾知

由来当作掌珠看纵非赋茗清才差喜乘龙偕伉俪
到此难禁心绪闻道是拈花微笑空教驾鹤作神仙

身列兰阶争献瑞
香残桂蕊不禁秋

（挽孙子女）

搔首望长天夜月飘残丹桂子
伤心挥老泪和风吹折玉兰芽

（挽孙子女）

挽恩师联

一生倾碧血
万里传芳名

全校同仁伤益友
满庭桃李哭良师

欲见音容云万里
梦听教诲月三更

当年幸立程门雪
此日空怀马帐风

欲见严容何处觅
唯思良训弗能闻

教育深恩终身感戴
浩然正气万古长存

地上周闻呼小子
雪中空立见先生

满苑禾苗伤化雨
一门桃李哭春风

德高学富名归梓里
桃哭李悲我失良师

面命如今无一语
心丧未可少三年

培养桃李曾尽瘁
光辉竹帛永流芳

大道为公徒存才泽
因材而教顿失心传

茹苦含辛半世劬劳培后代
鞠躬尽瘁满园桃李启新猷

为国育英才手栽桃李三千树
半生薄名利坐守山乡数十年

一世献忠诚陋室烛光长灿烂
九天无遗憾故园桃李已芳菲

此老竟萧条幸有高文垂宇宙
平生怀大志广栽桃李在人间

文星光万里忠肝义胆见师表
一世献丹诚广栽桃李在人间

校舍感凄凉后日典范仍足式
讲坛悲寂寞当时馨香竟无闻

讲学立台端前无古人后无来者
修文归天上生为师表殁为仙灵

为祖国为人民克己奉公烛光莹莹照百代
爱学生爱科学鞠躬尽瘁桃李天天遍九州

教育终身备尝艰苦喜桃李芳菲正遍布天下
桂兰挺秀勇攀高峰看中华振兴应含笑九泉

挽朋友联

海内存知己　　　　　　　　　学富雕龙文修天上
云间渺知音　　　　　　　　　才雄倚马星陨人间

犹似昨日共笑语　　　　　　　山川含泪悲友人难见
恍惚今时没尚存　　　　　　　风云变色伤栋梁遽颓

幸有高文垂宇宙　　　　　　　我辈读书正希望鹏程万里
未酬壮志在中华　　　　　　　他山攻玉忽惊闻鹤唳九泉

眉间爽气无由见　　　　　　　松柏侣君一生错节风霜苦
座右清言不再闻　　　　　　　友朋爱我毕竟深情肝胆知

幽兰空觉香风在　　　　　　　白发依人今日哭君还哭我
宿草何曾泪雨干　　　　　　　青山回首几时归骨并归魂

竹影仍偕身影在　　　　　　　梁木风摧从此不见尊君影
墨花尽带泪花飞　　　　　　　德星夜坠注后只看仙鹤飞

玉树栽来欣擢秀　　　　　　　何处听琴流水高山成古调
琼枝萎去动悲怀　　　　　　　特来挂剑清风明月想遗徽

平生风义兼师友　　　　　　　长梦竟无回英姿独悬孤月冷
来世因缘结弟兄　　　　　　　故乡应在望旅魂频逐白云飞

千里吊君唯有泪　　　　　　　学术各门庭与子平生无唱和
十年知交不因文　　　　　　　交情同骨肉俾予后死独伤悲

好梦涉难寻白雪阳春绝调竟成广陵散
知音能有几高山流水伤心永断伯牙琴

挽英雄、模范、烈士联

千秋忠烈　　　　　丹心辉日月　　　　　功业常齐天地永
百世芳名　　　　　正气壮河山　　　　　红旗自有后人擎

生无媚骨　　　　　光辉齐日月　　　　　守成大业怀先烈
死有芳名　　　　　身影耀河山　　　　　开展宏图启后贤

生为人杰　　　　　正气昭天地　　　　　知此死必为雄鬼
死作鬼雄　　　　　红心献人民　　　　　愿来生再作奇男

出生入死　　　　　碧血染风采　　　　　已立丰功垂史册
虽死犹生　　　　　青史留英名　　　　　犹存大节励青年

忠魂不泯一腔热血化春雨
大义凛然万丈豪情泣鬼神

天若有情应寿百年于俊杰
人谁不死独将千古颂英雄

伟大功勋如日月经天千秋永继
光辉业绩若江河行地万古长流

抛头颅洒热血御敌戍边革命烈士酬壮志
创大业展宏图开来继注祖国人民慰忠魂

守孝春联

（即家中有人去世的当年、第二年和第三年贴的春联）

公颜自后从何视
善训而今总莫聆

春风有恨垂疏柳
晓露含愁看早梅

痛心我哭亲长逝
棘耳童呼岁又更

想见音容云万里
思听教训月三更

门对东方常见日
云封屺岭不逢亲

思亲腊尽情无尽
望父春归人未归

想见音容空有泪
欲闻教诲杳无声

慎终不忘先父志
追远常存孝子心

佳节犹悲椿树萎
新春怕听蓼莪吟

凄凉云树愁千里
惆怅春风恨隔年

念遗言垂为家训
悲去日适隔春风

绿草不忘青帝爱
红霞难阻白云思